사랑한다고 상처를 허락하지 말 것

———

너를 생각하면 온 우주가 움직였다.

사랑이었다. 상처까지도.

그러나 이제는 사랑한다고

상처를 허락하지 않기로 했다.

너를 사랑하지만,

더욱 사랑해야 할 사람은 나이기에

항상 행복할 순 없겠지만

인생에 더 많은 행복한 순간을 남기기로 했다.

사랑한다고 상처를 허락하지 말 것

김달 지음

비에이블
B.able

contents

작가의 말

너보다 나, 상처 주는 그 사람보다 내가 더 중요하다   10

당신은 당신의 상처보다 크다:

혼자 사랑하고 상처받지 마라

여전히 그에게 휘둘리는 나에게:
당신은 이미 충분히 매력적인 사람이다

2장

그 사람은 대체 왜 그러는 걸까:
더 이상 상처받지 않는 관계의 법칙

사랑하는데 외롭고 헤어지기는 두렵다면:
이별과 재회, 엇갈린 마음에 좋은 안녕을 고하는 법

가장 힘들었던 순간에 깨닫게 된 것들:
어쩌면 당신 인생을 바꿀 이야기

5장

너보다 나, 상처 주는 그 사람보다
내가 더 중요하다

요즘 들어 이런 생각을 합니다.

사람과 사람 사이에서
상처를 주고받지 않기 위해 필요한
최소한의 거리는 얼마나 될까요?

얼마큼의 거리를 두어야
나를 잃지 않고, 서로 아프게 하지 않으면서
살아나갈 수 있을까요?

저는 심리학자도, 관계 전문가도 아닙니다.

누군가에게 당당하게 충고할 수 있을 만큼

오래 살아온 것도 아니고,

훌륭하고 멋지기만 한 삶을 산 것도 아닙니다.

그러나 사랑하는 사람 때문에 힘들어서,

문득 내일이 보이지 않아서,

나를, 자존감을 깎아가며 버티다 지쳐서

그렇게 제게 찾아온 독자분들에게만큼은

할 수 있는 한 최선을 다해

밤새워 함께 고민하고 생각하고

그렇게 찾아낸 진심의 답을 전하려고 애써왔습니다.

오늘도 독자들로부터 수많은 고민을 접합니다.

꼭 사랑하는 사이가 아니더라도

누군가와 만나고 관계를 맺으면서

자신도 모르게 스스로 자존감을 깎고,

나보다 그 사람을 1순위에 놓는 사람이 많습니다.

지금 당신이 포기하고 있는 건 무엇입니까?
혹시 당신 자신은 아닌가요?

중요하지 않은 관계란 없을지도 모릅니다.
하지만 자신을 소중히 여기지 않으면서
그 관계에서 해답을 찾는 분들을 마주할 때마다
늘 같은 이야기를 하게 됩니다.

———————

"그 어떤 관계도 당신보다
소중할 순 없습니다.
상처 주는 그 사람보다 더 중요한 건
바로 당신 자신입니다.
나를 잃으면서까지 그의 곁에 있지 마세요.
제발 아프게 사랑하지 마세요."

사람과 사람의 관계에 정답은 없겠죠.
하지만 저는 최소한 상처 주는 그 사람보다

당신이 중요하다고 말해주고 싶습니다.

가장 많은 분들이 고민하고 마음 아파했던
엉키고 엇갈린 관계의 해결책들을
이 책 속에 담았습니다.
더불어 지금껏 살아오며 절실히 깨달은
인생에 관한 이야기들도 담아보았습니다.

부디 당신의 지친 마음이
이 책 속에서 편안히 쉬어갈 수 있기를
빛나는 나만의 답을 찾을 수 있기를
희망합니다.

저는 언제나 이 자리에 있겠습니다.
고맙습니다.

김달

당신은 당신의
상처보다 크다:

1
장

혼자
사랑하고
상처받지
마라

왜 맨날
나만 사랑하고
상처받을까

상대가 내게 아무렇지 않게
상처를 주고 있다면
정답은 하나다.

나만 사랑한 거다.

"제가 먼저 좋아했고 항상 제가 관심을 구걸해야 했던 관계를 끝낸 지 두 달이 지났어요. 그 사람은 여전히 이성들에게 친절하고 자주 연락하더라고요. 사귀면서 왜 이렇게 나를 힘들게 하고 울게 만들까 싶었고, 헤어진 후에도 몇 번이고 생각했는데, 결론은 하나였어요. 저만 좋아했던 거죠. 저만 놓으면 끝나는 관계였던 거예요."

상담을 하다 보면 때때로 이런 메시지를 받는다. 그럴 때마다 속상하기도 하고 너무나 안타깝다. 사랑은, 누군가를 내 세계로 들이는 일은 최소한 내가 행복하기 위해서 하는 것인데 왜 매번 이렇게 상처받아야 할까. 만약 누군가를 만나는 동안 지속적으로 신경 쓰이는 문제가 있고 그로 인해 상

처를 받는다면 이쯤에서 잠시 관계에 쉼표를 찍어볼 필요가
있다. 이 관계를 계속 이어가야 할까? 그럴 필요와 가치가
있을까? 진지하게 스스로 생각해보았으면 한다.

———

내가 그 사람과
사랑을 하고 있는 게
진짜 맞는지를.

내가 마음을 주는 만큼,
상대도 그만큼의 애정을 내게 주는지를.

한 가지 확실한 건 남자는 누군가를 정말 사랑하게 되면 본
능적으로 그 사람이 신경 쓸 일 자체를 만들지 않는다는 것
이다. 알아서 먼저 연락하고, 이성 친구는 스스로 정리한다.
술 약속보다 데이트 약속을 잡으려 하고, 당연히 상처가 될
막말도 하지 않는다.
상대가 애매하게 행동하거나 내게 아무렇지 않게 상처를 주

고 있다면 정답은 하나다. 나만 혼자서 사랑한 것이다. 나는 사랑을 했다 하더라도 받지 못했다면, 최소한 상대방이 내게 준 건 사랑이 아니다. 마음 아프지만 냉정하게 생각해야 한다.

사랑은 둘이서 하는 것이다. "사랑해"라는 말에는 '너와 모든 순간 함께할게'라는 뜻이 담겨 있다. 남자는 진짜 사랑하면, 상대방이 신경 쓸 일을 만들지 않는다. 그러니까 더 이상 혼자 마음 주고 아파하고 힘들어하지 마라. 그사이에 흘러가버리는 당신의 시간과, 낭비되는 감정과, 스스로 깎아내리는 자존감이 너무나 아깝다.

이제,
주는 사랑 말고 받는 사랑을
시작할 시간

'내가 대접받고 싶은 대로
타인을 대접하라'는 말이 있다.

하지만 동시에 나 또한 같은 식으로
대접받을 수 있어야 한다.

서로 존중하는 상호 보완적인 관계는
기울지 않은 감정 구도에서 시작된다.

너는 심장이 뛰는 매 순간마다

널 사랑해주는 사람, 널 계속 생각해주는,

매 순간 네가 어디에 있는지,

무엇을 하는지, 누구랑 있는지,

괜찮은지를 궁금해하는

그런 사람을 만나야 마땅해.

로맨스 영화는 잘 보지 않지만, 습관처럼 틀어놓은 TV에서
흘러나오던 한 장면이 유독 마음속에 남았다. 〈러브, 로지〉
에서 진심을 건네는 남자 주인공을 보면서 생각했다. 내가
더 좋아하는 사람과의 평생과 나를 더 좋아해주고 아껴주는
사람과의 평생 중에 과연 어느 쪽이 더 행복할까?

서로의 감정이 일방통행은 아니라는 전제하에, 내 경우는 주는 사랑보다 받는 사랑을 한 경우가 훨씬 행복했다.

인생에서 중요한 요소는 여러 가지가 있겠지만, 그중에서 가장 빼놓을 수 없는 것이 '시간'과 '돈' 아닐까 한다. 사랑을 하기 위해서도 시간과 돈을 투자해야 한다는 사실을 잊어서는 안 된다. 정작 자기 생활비도 모자라는 주제에, 힘들게 번 돈을 좋아하는 사람의 선물 구매에 기꺼이 제공하는 사람이 많다. 취업이든, 공부든 나를 위해 몰입하는 시간이 필요할 때도 그 사람을 생각하느라 좀처럼 집중하지 못하는 경우도 자주 보았다.

이 정도까지는 아니더라도 누군가를 좋아하기 위해서는 시간을 야금야금 쓰고 그렇게 인생의 일부를 할애해나가야 한다. 그러다 보면 아무리 내가 더 좋아해서 베풀었다지만 투자한 것만큼 상대에게 감정을 돌려받지 못하게 될수록, 자신도 모르게 서운함이 쌓이고 점차 지치게 된다.

반면에 더 사랑받는 입장일 때는 상황이 달라진다. 그에게 감사함을 느끼면서 내 일상에 좀 더 집중할 수 있다. 상대방의 입장에서도 열심히 일하고, 자신에 대한 투자를 아끼지 않는 쪽이 더 가치 있고 매력적인 사람으로 느껴질 것이다.

물론 이 문제에 정답은 없다. 지금까지처럼 기울어진 감정 구도로 지치는 관계를 이어나갈 것인지, 동등한 입장에서 서로 발전하는 관계로 나아갈 것인지 어느 쪽이 더 편하고 나를 위한 삶이며 사랑일지 한번쯤 생각해봤으면 한다.

매 순간 내가 괜찮은지
걱정해줄 사람을 만날 것인가,
한시도 내가 마음 놓을 수
없는 사람을 만날 것인가,
모든 것은 내 선택에 달려 있다.

이제, 주는 사랑 말고 받는 사랑을 시작할 때다.

항상 짧은 관계, 금사빠인 당신에게

'의미 없는 다정함은 차라리 범죄다.'
'자꾸 반하니까 별생각 없이 인간으로서
베푸는 친절은 거절하고 싶다.'

내가 이런 타입이라면 항상 기억하자.
이성적이고 합리적인 사고를.

매번 상대에게 첫눈에 반해 순식간에 큰 호감을 느끼곤 하는 사람, 썸은 자주 타지만 연인 관계로는 발전하지 못해 항상 짧은 관계에서 끝나고 마는 사람을 흔히 '금방 사랑에 빠지는 사람들', '금사빠'라고 부른다. 이런 금사빠 타입의 사람들을 보면 공통적인 특징이 있다. 이 중에서 다섯 개 이상 해당된다면 매우 높은 확률로 금사빠 타입이다.

□ 동시에 두 사람 이상을 좋아해봤다.

□ 사소한 계기로 극호감을 느낀다.

□ 그에겐 모든 시간과 돈을 아낌없이 바치고 싶어진다.

□ 사귄 지 얼마 안 돼 결혼 생각을 한다.

□ 충동적이고 매사에 성격이 급하다.

☐ 한 가지를 오래하지 않고 금방 질려 한다.

☐ 외로움이 많고 때때로 좋아하는 사람에게 집착한다.

☐ 술자리를 좋아하며 이성 친구가 많다.

☐ 상대에게 고백도 하기 전에 감정이 식은 적이 있다.

☐ 과거의 이별 이유가 대부분 상대에게 있다고 여긴다.

금사빠들은 외로움을 많이 타고, 한번 사랑에 빠지면 불같이 타오른다. 그러다 2~3주 정도 만나고 나면 상대의 단점을 보게 되고, 마음이 초스피드로 식는다. 그렇게 매번 이런 식의 짧은 연애를 반복한다. '연인'이 되기도 전에 혼자 마음이 식거나, 연인이 되는 데는 성공하지만 '긴 연애'는 하지 못하는 것이다. 하지만 우선 당장 배고프다고 손쉽게 끓여 먹을 수 있는 라면만 계속 먹는다면 어떻게 될까? 우선 당장의 허기, 즉 외로움은 면할 수 있을지언정 결국 건강을 해치게 되지 않을까?

미성숙한 사람은 계속 미성숙한 사람만 만나게 된다. 만약 내가 상대방을 충분히 파악하지 못했다면 마음의 속도를 늦출 필요가 있다. 오래가는 제대로 된 관계를 맺고 싶다면 결코 서두르지 마라.

주변의 금사빠들에게 왜 그 사람에게 반했는지 물어보면 시작은 너무나 쉽고 단순하다.

"자꾸 밥 먹었냐고 물어보잖아." "눈이 마주쳤는데 자꾸 웃어. 옷에 묻은 먼지도 털어줬다고." "문을 잡아주고 연락처를 물어보던데?" "무엇보다 잘생겼어." "예뻐." "목소리가 내 스타일이야." 등등 사소한 계기로─대부분 겉모습만 보고─극호감을 느끼는 경우가 많다.

상대를 잘 모르는 상태에서
겉모습만 보고 좋아하면
실상은 복불복, 모 아니면 도다.
사랑하는 사람을 만나는 일을
운에 맡겨도 괜찮을까?

누군가를 좋아한다는 감정은, 그 사람에 대한 최소한의 기본적인 사항은 얼추 알고 있는 상태, 그리고 그 사람과 만났을 때 서로의 미래가 어떻게 될 것인지 정도는 그려본 상태에서 시작되어야 옳다. 이렇게까지 생각해보고 좋아하는 감정을 가져야 그나마 연애를 시작해도 그의 색다른 모습을 봤을 때 덜 실망하게 된다. 또한 나 자신도 처음의 좋아했던 그 감정을 한결같이 유지할 수 있다.

누군가에게 관심이 간다고 해서 바로 시동을 걸지 마라. 다소 조급한 마음이 들고 번거로울지라도, 그와의 접점부터 만든 후에 그 사람을 알아가면서 점차 다가가는 게 굴곡진 관계를 피하는 지름길이다.

○

내가 먼저 사랑을 시작하고
혼자 설레고
속상하고 서운해서 울다가
그렇게 사랑을 끝내는

이 아픈 시간들을 이제는 정리할 때다.

○

본인의 가치는 남들의 평가에 의해
정해지는 것이 아니다.
내 가치는 내가 정하는 것이다.

내가 내 가치를 믿는 만큼
남들에게 그대로 드러난다.

그러므로
자신의 가치를 스스로 알고
당당하게 표현하는
연습이 필요하다.

혹시
을의 연애를 하고
있다고 느낀다면

희생과 침묵만이 답은 아니다.
사랑받는 것에 대해 감사할 줄
모르는 사람은
더 이상 사랑해줄 필요가 없다.

○ 어느 새 부쩍 줄어든 연락.

○ 만날 때마다 피곤과 짜증이 섞인 모습.

○ 그 사람에 대한 내 마음이 점점 더 커져가는 것과는
별개로 나를 사랑하는 그의 마음이 조금씩 줄어드
는 것을 느끼고 있음.

○ 그래서 주로 내가 연락하고 양보하고 이해하고 사
과를 하고 있음.

혹시 이런 날들을 보내고 있다면 지금 나는 '을의 연애'를
하는 중이다. "어떻게 사랑이 변하니?"라는 영화 대사도 있
었지만, 안타깝게도 사람은 변하고 사랑도 변한다. 시간의
흐름에 따라서 사람이 변하는 걸 물리적으로 막을 방도는

없다. 그럼에도 불구하고 사랑하는 관계에서는 항상 더 좋아하고 서운해하는 쪽이 '을'이 되고, 먼저 마음이 식고 화를 내는 쪽이 '갑'이 된다. 그 누구도 갑이 되기 위해서 사랑을 시작하지는 않았을 것이다. 호감이 있고, 좋아하니까 잘해주려는 좋은 마음으로 시작하지만 시간이 흐르고 마음의 크기가 달라질수록 관계의 권력 구도는 정반대의 그래프를 그린다.

실제로 지금껏 만난 많은 커플들 사이에서도, 연애할 때 자기 자신이 상대에게 갑질을 하고 있다고 여기는 사람은 거의 없었다. 오히려 갑이 된 사람도 처음에는 무조건적인 사랑을 베푸는 상대방에게 고마움을 느낀 편이었다.

그러나 '호의가 계속되면 호구가 된다'라는 말처럼 반복되는 선의가 서로에게 익숙해지면 익숙해질수록 '이 사람은 당연히 내어주는 사람이다'라고 여겨지게 된다. 그렇게 늘 '주기만 하는 관계, 받기만 하는 관계'에 익숙해지고 갑을 관계가 굳어진다.

혹시 나 혼자 너무 퍼다 주기 식 사랑을
하고 있지는 않은가?
희생과 침묵만이 답은 아니다.

자신의 마음을 표현하고, 원하는 바를 요구하는 연습을 해
야 한다. 자신의 입장을 분명하게 밝히는 사람에게는 누구
도 함부로 대할 수 없다.

혹시 '솔직하게 속상하다고 내 마음을 얘기하면 그 사람이
떠나지 않을까?' 하고 두렵고 망설여질지도 모르겠다. 그러
나 상대방과의 관계를 계속 이어가기 위해 지금의 불편한
감정을 참는다면, 이렇게 얻은 가짜 평화는 절대로 오래갈
수 없다. 항상 나를 뒤로 미루는 사람 곁에서 가슴 멍들고
눈물 쏟으며 힘들게 지내기를 선택하는 거라면 말리지는 않
겠다.

다만 을의 관계에서 벗어나고 싶은데 막상 섭섭함을 털어
놓을 용기가 나지 않는 거라면, 차라리 본인을 지킬 수 있는
한도 내에서만 선의를 베풀고 이 선의에도 한계가 있음을

상대에게 분명하게 밝히기를 권한다. 이것조차 자신 없다면 본인의 마음을 알아주고 자존감을 지켜줄 수 있는 다른 사람을 기다리면 된다. 사랑받는 것에 대해 감사할 줄 모르는 사람은 더 이상 사랑해줄 가치가 없다.

연애에서 '을'이 되지 않고 자존감을 지키려면 그 사람보다 내가 더 소중해져야 한다. 어떤 것보다 내 인생과 내 미래가 가장 중요해져야 한다. 인생에서 연애는 한 요소이고 일부분일 뿐이다. 그 사람 한 명만 보면서 살아가겠다면 인생을 통째로 포기하는 행동이나 다름없다.

———

내 삶을 어떻게 개척하고
어떻게 목표를 이루어나갈 것인가.

본인의 삶에 대한 고민은 없이
자신에게만 목매달고 집착하는 사람에게서
상대는 달아날 길만 찾을 뿐이다.

대개 많은 사람이 나를 좋아해주는 사람보다 내가 좋아하는 사람과 사귀고 싶어 한다. 모든 관계의 정답은 나에게 있다. 사귀고 싶은 사람이 될 것인가, 달아나고 싶은 사람이 될 것인가. 상대를 갈구하지 않고, 집착하지 않으면서 오로지 자신을 삶의 중심에 두고 내 목표를 위해서 달려갈 때 비로소 상대에게 나는 가장 멋지고 매력적인 사람이 된다.

자존감은
아무도 대신
만들어줄 수 없다

스스로 자신의 장점을 깨닫고
인정할 줄 알아야 한다.

나조차 나를 인정하지 않는다면
그 누구에게도 사랑받을 수 없다.

류시화 작가의 《나는 왜 너가 아니고 나인가》라는 책에는 "어느 누구도 자신을 사랑하는 법을 배우지 못했다"라는 문장이 나온다. 정말 맞는 말이라고 생각했다. 요근래 많은 매체에서 '자존감'이라는 키워드가 화제였다. 그만큼 많은 사람이 나를 사랑하는 법을 잘 모르지만, 동시에 나의 가치와 장점에 눈을 뜨고 싶어 한다는 반증이 아닐까.

"어떻게 그렇게 말을 잘해요?" 종종 독자에게 이런 질문이랄까, 칭찬을 받는다. 하지만 솔직히 고백하건대 그동안 단한 번도 스스로 말을 잘한다고 여긴 적은 없었다. 예전 영상을 보면 어리바리하고 아주 어설퍼서 다시 보는 게 괴로울 정도다. 자주 말을 더듬고, 숨도 몰아쉬고, 할 말을 정리하느라 멍하게 있는 순간이 많아서, 편집점도 중구난방인 영상이 많다. 그런데도 이런 칭찬을 받으니 사실 당혹스러웠다. '아, 내가 말을 잘하나? 아닌데…' 하는 생각이 들었지만, 여러 번 비슷한 메시지를 받을 때마다 점차 '진짜 그렇게 보이는 걸까? 어쩌면 내가 말을 잘하는 것일지도…' 하는 흐름으로 의식이 흘렀다. 이번 일을 겪으면서 비로소 느낀 점이 있다. 사실은 누구에게나 자기 자신만의 장점은 있지만, 타인의 장점을 부러워하느라 자신은 미처 인정하지 못하고 있는 건 아닐까. 마치 내가 나조차도 몰랐던 장점을 타인을 통해서 알게 된 것처럼.

―――――

자존감이란
자신의 가치를 스스로 인정하고
자신을 아끼며 존중하는 마음이다.

자존의 사전적 정의는 "자기의 품위를 스스로 지킴, 자기 인격성의 절대적 가치와 존엄을 스스로 깨달아가는 일"이라고 한다. 즉, 자신의 가치를 스스로 알고서 아끼며 존중해야 자존감이 높아진다는 뜻이 아닐까 싶다. 자존감은 나에 대한 최소한의 예의와 같다. 내가 무엇을 잘하는지, 내 가치는 무엇인지 '본인'이 가장 잘 알고 키워내야 한다. 그런데 많은 사람이 미처 나의 장점과 잠재력은 들여다보지 못한 채 타인을 부러워만 한다. '왜 나는 저렇게 해내지 못하지? 왜 저 사람은 저렇게 할 수 있는데 나는 저런 능력이 없을까?' 하고 말이다.

남을 보면서 부럽다고 생각하기 전에
'남한테는 없지만 나에게는
나만의 장점이 있다'라고
자신감을 가질 줄 알아야 한다.

스스로 자신의 장점을 깨닫고 인정할 줄 알아야 한다. 이것이 자존감을 높이는 최선의 방법이다. 자존감은 아무도 대신 만들어줄 수 없다.

마음이 단단한 사람은
결코 짝사랑하지 않는다

대체 내가 어떻기에
'이런 나라도 괜찮을까' 하고
스스로 생각하는 것인가?

아무도 당신 허락 없이는
당신에게 열등감을 느끼게 할 수 없다.

"벌써 1년째 짝사랑을 하고 있는데요. 돌아봐
주지 않는 사람을 혼자서 좋아하는데, 아무것도 손에 안 잡
히고 그 사람 생각만 나서 너무 괴로워요. 어떻게 하면 좋을
까요?"

좋아하는 사람이 있지만, 그 사람에게 아무런 내색도 못하
고 혼자서 속앓이만 하고 있다는 고민을 접할 때면 이렇게
질문을 던져본다.

"언제까지 짝사랑만 할 생각인가요? 그 사람이 나를 좋아하
는지 안 좋아하는지도 모르면서 그저 거절이 두렵다는 이유
로 언제까지 감정 낭비, 시간 낭비할 거예요?"

짝사랑이란 것, 사실 시작은 너무나도 쉽다. 나에 대한 자신
감도 없고 용기가 부족해서 짝사랑을 계속 이어갈 수도 있

다. 하지만 짝사랑이 길어지면 길어질수록 내 인생은 낭비될 뿐이라는 사실을 자각해야 한다. 다른 이들이 다들 앞으로 나아갈 때 나는 제자리에서 계속 맴돌아야 한다는 현실을 봐야 한다. 어느 순간부터는 인생을 통째로 상대방에게 이용당하게 될 수도 있다.

내가 누군가를 진심으로 좋아한다고 치자. 그런데 상대에게 내 감정을 제대로 전하지 않고 가슴속에 품고만 있으면 어떤 변화가 있을까? 분명하게 말할 수 있다. 결코 아무것도 달라지지 않을 것이다. 감정은 기브 앤 테이크가 이루어져야 한다. 서로 감정을 솔직하게 주고받는 사이에 건강한 관계가 성립될 수 있다. 내가 사랑하고 좋아하는 감정 정도는 상대방이 알게끔 해야 한다.

———

'만약 고백을 했는데 거절당하면 어떡하지?'
'좋아한다고 얘기하면 이 사람이
나를 이상하게 생각하진 않을까?'
이 생각에서 한 발 더 나아가서 결론이 나야 한다.

물론 상대방이 나를 좋아할지 안 좋아할지 염려가 될 수는 있다. 자존심 문제도 있고, 고백을 했을 경우에 앞으로 서먹해질 수 있다든가 하는 상황의 문제로 고민하는 것도 무리는 아니다. 그래도 상대가 나를 거절할까 봐, 실패할 것부터 생각하니까, 내가 별로 예쁘지 않아서, 많이 차여봤으니까, 다른 사람의 눈치가 보여서, 상대가 나보다 잘난 게 분명해서 짝사랑하는 것, 이제는 그만둬야 할 시간이다.

누군가를 볼 때, 우리의 눈과 뇌는 바쁘게 움직인다. 나도 모르는 사이에 타인을 평가하고 판단 내린다. 그 사람에 대해서도 마찬가지다. 이미 전반적인 평가를 내렸고 판단이 선 상태다. 외모나 성격, 능력 등 여러 면에서 내심 나보다 뛰어나다고 여기고 있고, 이런 나라도 괜찮을까 생각한다. 여기서 잠깐 멈춰 생각해보자. 대체 내가 어떻기에 '이런 나라도 괜찮을까' 하고 스스로 생각하는 것인가? 혹시 자신에 대해서는 남들한테보다 더 혹독한 잣대를 들이대면서 평가하고 있는 건 아닌가? 자만하라는 뜻이 아니다. 다만 자신을 남들과 비교해서 스스로 깎아내리고 자신감과 자존감을 땅바닥에 내리꽂을 필요는 없다는 것이다. 그럴 바에는 그 시간에 책을 읽거나, 운동을 하거나, 도움이 되는 것들을 배우면서 자기 계발했으면 한다. 그렇게 한 걸음 더 앞으로 나아가는 게 내게 훨씬 도움이 되는 길이니까.

———

기억해줬으면 한다.
아무 내색 없이 짝사랑만 하고 있으면
그 사람이 내게 먼저 다가올 일은 결코 없다.

거절당할 게 겁나서 웅크리고만 있다면, 나에 대한 그 사람의 마음은 평생 모를 수 있다. 그래도 괜찮은가. 아예 고백하지 않는 이상 마무리 지을 수 없는 문제가 짝사랑이다. 그렇기에 짝사랑이 쉽지 않다고들 하는 게 아닐까.
'안 될 경우를 생각하지 말고 될 거라고 생각하고 다가가되, 받아들여지지 않더라도 너무 좌절하거나 미련을 두지 말자.' 이런 마인드를 가지는 게 중요하다.
내 시간과 감정보다 인생에서 우선시해야 할 것은 없다. 그렇기 때문에 찰나의 1분만 딱 참고 고백하면 모든 괴로움이 끝나고 편안해지는데, 이 선택을 스스로 외면하지 말았으면 한다. 6개월에서 1년, 2년, 그 이상의 시간을 계속 짝사랑만 하며 낭비할 수는 없지 않은가?

눈 딱 감고 마음을 상대에게 표현하고, 그래도 안 됐을 때 미련을 버리고 마음을 다잡는 것. 이것이 가장 깔끔한 관계 정리이자 최선의 길이다. '잘되면 좋고 안 되면 말고' 하는 마인드로 자신감을 갖고 마음을 표현한다면 높은 확률로 사랑을 이루어낼 수 있을 것이다.

○
지금 하고 있는 사랑이
진짜 사랑이 맞는가?
나는 사랑을 했다 하더라도
그 상대방이 내게 준 건
사랑이 아니다.

사랑은 둘이 하는 것이다.
사랑을 받지 못했다면
그건 사랑을 한 게 아니다.

제대로 된 사람을 만났다는
분명한 증거는

함께하는 시간 동안
변해가는 내 모습이
마음에 드는 것.

내가
좋아하는 사람이 나를
좋아하게 만드는 법

내가 호감을 표시했고 상대도
그걸 인지하고 있으면
인내하고 기다려야 한다.

환심을 사기 위해서
발버둥치지 말라는 것이다.

누군가를 좋아하는 일은 시작된 순간, 인생에서 가장 중요한 것이 된다. 잠에서 깰 때도, 길을 걸을 때도, 밥을 먹을 때도 아무리 애써 잊으려 해도 그 사람에 대한 생각으로 머릿속이 가득 차게 된다. 수많은 사람 가운데에서 서로를 알아보는 일, 매분 매초 엇갈리는 마음의 각도를 완벽하게 맞추는 일은 기적과 같다. 내가 좋아하는 사람이 나를 좋아하게 만드는 기적은 어떻게 이루어질 수 있을까?

마음을 얻기 위해서
상대방한테 잘해주는 것은
'가산점'과 같다.

회사에서 면접을 볼 때도, 공무원 시험을 볼 때도 가산점이라는 게 존재한다. 나한테 도움이 되는 이점 같은 것, 보너스 점수.

하지만 보너스 점수가 있다고 해도 반드시 합격할 수 있는 것은 아니다. 기본적인 노력 없이, 가산점만으로는 결코 합격할 수 없다. 인간관계도 이와 비슷하다. 상대방의 기준에서 봤을 때, 아무리 내게 가산점이 있다고 해도 기본 점수만으로 이미 결과는 정해져 있다.

결과가 정해져 있는 상태에서 상대는 내 행동들을 보고 '생각을 조금 바꿔볼까?' 하고 고려하기 시작한다. 좋아한다는 마음을 표현한 뒤로 상대가 진심을 받아주기 전까지, 내가 잘해주는 행동들은 상대의 결정 방향에 미미한 영향을 주는 잔바람에 불과하다. 그러나 다시 기억해야 할 것은, 잔바람만으로는 책장 한 장조차 넘길 수 없다는 사실이다.

내가 호감을 표시했고 상대도 그걸 인지하고 있으면 인내하고 기다려야 한다. 환심을 사기 위해서 발버둥치지 말라는 것이다. 물론 기본적으로 최소한의 예의는 갖춰야 한다. 아무것도 하지 말라고 해서 상대방을 무시하라는 이야기가 아니다.

과하게 애써 봤자

올 사람은 오고 갈 사람은 간다.

좋아한다고 어필했고 상대도 인지하고 있는데

인내하고 기다려도 반응이 없다면

그 사람은 어차피 내게 올 사람이 아니다.

사람의 마음이라는 것은 아무리 애쓴다고 해도 쉽게 답을 바꿀 수 있는 문제가 아니다. 그러나 이런 관점에서 보면 내가 좋아하는 사람이 나를 좋아하게 만드는 방법은 오히려 간단해진다. 첫째, 일단 내 마음을 고백하고 둘째, 예의를 갖춰 상대방에게 잘해주고 셋째, 그래도 안 되면 깔끔하게 포기하는 것이다.

포기하는 상황에 이르면 물론 허탈하고 속상할 것이다. 하지만 좋아하는 마음을 접어야 하는 그 순간에조차 가장 소중해야 할 사람은 나다. 그는 진심으로 자신을 사랑해줄 나라는 사람을 잃었지만 나는 날 사랑하지 않는 사람을 잃었을 뿐이다. 그러니 너무 상심하지 않았으면 좋겠다.

고백 성공률을
높이기 위해
꼭 알아야 할 것

"어떻게 마음을 고백해야
어색해지지 않을 수 있을까요?"
답은 하나다.

지금,
고백해도 되는 타이밍인가?

고백은 남녀 사이를 규정하고 정의하는 중심점이라 할 수 있다.

썸 → 고백 → 연인

이렇게 고백은 성공하면 연인으로 갈 수 있는 기쁨이 되지만, 실패하면 관계의 단절까지 불러오는 계기가 된다. 대부분 그게 두려워서 고백을 망설이고, 현 상태를 유지하려 하지만 그 끝엔 이별만이 있을 뿐이다. 고백할 용기가 있는 자만이 관계의 진전을 이끌어낼 수 있다.

그렇다면 어떻게 고백의 성공률을 높일 수 있을까?

고백이라고 해서 어렵게 생각할 필요는 없다.
기억해야 할 것은 고백은 '통보'가 아니라
'확인'이라는 사실이다.

일방적으로 내 마음이 이렇다고 통보하는 게 아니라 그동안 만나며 쌓아온 감정을 확인하는 단계가 고백이라고 생각하면 된다. 그렇다면 고백의 타이밍은 언제가 좋을까? 이미 본인 스스로 어느 정도 가늠하고 있을 것이다. '지금 고백하면 이 사람은 무조건 승낙을 할 거야'라고 느껴지는 시점이 있다. 만약 그 시점조차 모르겠고 확신이 서지 않는다면 상대의 감정을 거의 읽지 못하고 있는 상황인 것이다. 상대와 충분한 교감이 이루어졌다면 간단한 한마디 말만으로도 진짜 연애가 시작될 것이고, 그게 아니라면 어떤 아름다운 고백을 한다고 해도 실패할 확률이 높다.

커플이 이루어지는 변수는 다양하다. 동시에 첫눈에 반하는 경우가 가장 좋겠지만, 대부분은 어느 한쪽이 먼저 사랑에 빠졌다가 뒤늦게 다른 쪽이 호감을 느끼고 사귀게 되는 경우가 많다. 후자의 경우, 지내보니 생각보다 괜찮은 사람이었다는 걸 깨닫는 식이다. 이처럼 결정을 앞뒀을 때는 그동안 쌓아놓은 호감의 마일리지가 존재해야 한다. 고백은 좋아하지도 않는 마음을 좋아하도록 만드는 행동이 아니다. 이미 좋아하고 있는 마음에 확신을 심어주고, 서로 함께할 시간을 약속하는 과정이다.

고백은 통보가 아니다. 확인이다. 고백의 타이밍이 무르익었다고 생각된다면 두려워 말고 고백하라. 실패하지 않을 타이밍에 사랑한다고 마음을 전한다면, 성공을 거둘 수 있을 것이다.

지금
그의 속마음이
궁금하다면

그런데 이렇게 감정을 읽는 눈이 없다면,
어떻게 좋은 사람을 알아볼 수 있고
그 사람을 만날 수 있을까?

그가 나를 좋아하는지 전혀 모르겠다면
연애를 하더라도 을이 될
가능성이 높다.

마음이 끌리고 관심이 가는 사람이 나를 어떻게 생각하는지 속마음을 알 수 없어 답답할 때가 있다. 도대체 지금 무슨 마음인지, 좋다는 건지 싫다는 건지 긴가민가해서 그의 주변을 맴돌게 되기도 한다. 이럴 때 상대의 마음을 읽는 열쇠는 간단하다. 바로 이런 질문을 하게 된 '이유' 그 자체에 있다.

'상대방이 날 좋아하는지 안 좋아하는지, 그게 왜 궁금한가?' 이 이유부터 따져보자. 나는 왜 이렇게 그 사람이 신경 쓰일까? 너무 좋아하는데, 내가 좋아하는 만큼 그의 마음이 잘 안 느껴지고, 그래서 초조하고 불안해져서 그런 것 아닌가? 문제는 이렇게 그의 마음을 하나도 모르겠다면, 이 사람과 설령 연애를 시작한다 해도 본인한테 좋을 건 없다는 것이다.

보통의 연애에서는 누군가와 호감을 나누는 단계에서 상대
방의 감정을 어렴풋하게라도 느낄 수 있다. 상대가 마음을
숨기는 경우도 있겠지만, 사실 정말 누군가를 좋아하면 그
숨기는 모습까지 투명하게 다 보인다.

생전 처음 본 낯선 사람과 관계가 급진전되어, 만난 그날 연
인이 되는 케이스는 사실 흔치 않다. 몇 번이라도 같이 커피
를 마시거나, 식사를 하거나, 영화를 보면서 함께하는 시간
을 쌓고, 서로 알아가면서 깊은 관계로 발전하는 것이 보통
이다.

―――――

이 사람이 나에 대해서
어떤 생각을 하고 있는지는
스스로 알고 느낄 수 있어야 한다.

그러니까 그 상대가 나를 좋아하고 안 좋아하고의 문제와는
별개로, 몇 번이라도 만난 상대의 마음을 전혀 볼 줄 모른다

면 사귀게 된 뒤에도 분명 힘들어질 수밖에 없다. 어느 정도 그 사람의 마음이 보이거나 어떤 생각을 하고 있는지 조금이라도 읽을 수 있다면 그 추측은 대부분 높은 가능성으로 맞아떨어진다. 그러면 연애가 조금 더 순탄할 수 있는데, 반면에 이 사람이 내게 어떤 감정을 가지고 있는지 아무것도 알아챌 수 없다면 시작부터 삐걱댈 수밖에 없다.

만에 하나 상대방이 호감을 숨겨서 마음을 읽지 못한 경우라고 해도 문제는 여전하다. 그 사람이 무슨 이유 때문에 호감을 숨겼는지 그 이유를 막론하고, 그런 사람과 굳이 만나야 할까? 호감 있고 사랑하면 표현을 해주는 사람이 좋은 사람이다. 굳이 나에 대한 마음을 숨기는 사람을 만나야 할까? 왜?

그럴 필요는 없다고 생각한다. 매사에 솔직하고 나한테 최선을 다하는 사람과 만나기에도 모자란 시간인데, 감정을 숨기는 사람 때문에 속앓이할 필요는 없다.

괜한 상처받지 않았으면 한다.

○
연락이 좀처럼 안 된다면,
그가 나 이외의 다른 사람을
더 중시한다면

정답은,
안 만나면 된다.

헤어지세요.

대등한 관계라는 것은
상대방을 대등하게 대하라는 말이 아니라

상대를 대하는 것과 똑같은 방식으로
자기 자신을 대하라는 뜻이다.

결국 상처는
받는 사람의 몫이므로

자신을 방어하기 위해
항상 긴장할 필요는 없다.

때론 부정적인 사람에게
에너지를 낭비하지 않은 것으로 충분하다.

한번은 어느 여성 독자에게 이런 고민이 담긴 메일을 받은 적이 있다. "그 사람은 나를 좋아하지 않는 것 같달까, 더 이상 저를 중요시하지 않는 것 같아요. 저보단 친구들과의 약속을 우선시하고, 술, 여사친, 연락 등 여러 문제 때문에 서운하다고 말하면 그때마다 화를 내요. 자꾸 눈치가 보이고 상처만 늘어가네요."

이 여성에게 우선 이 한마디를 해주었다. "당신은 아무것도 잘못하지 않았어요."

정말 아무것도 잘못한 건 없다. 다만 사랑받고 싶었을 뿐이다. 남자친구가 잘못한 게 분명히 있지만—머리로도 이해하지만—상대방이 화를 낼 때마다 '내가 뭔가 잘못한 게 아닐까' 하고 자책하는 마음이 들었을 것이다. 그렇게 거듭 고개를 숙이고 그의 눈치를 보기 바빴을 것이다. 이런 일들이 반복될수록 본인의 자존감만 떨어지고 관계는 엉망이 될 뿐이다. 이쯤에서 상처받은 나를 돌보아야 한다.

왜 그렇게까지 고민을 해야 하고, 왜 먼저 연락을 해야 하고, 가슴앓이를 해야 하는지 생각해봤으면 한다. 왜 이런 사람과 만나고 있는지도.

사랑은 상대방과 나, 둘이서 하는 것이다. 그런데 하필 왜 나만 고민하고 애쓰고 가슴앓이를 해야 할까? 내가 더 애써서 힘겹게 이어나가는 사랑 말고, 같이 고민하고, 알아서 상처 주는 행동을 피하는 사람과 사랑하겠다는 생각을 먼저 가졌으면 한다. 자존감이 높은 사람은 절대 사랑한다는 이유로 상처를 허락하지 않는다.

'내가 왜 상처받아야 해?
어떻게 나한테 이럴 수 있지?'
이런 자세를 잃지 않았으면 좋겠다.

그래야 연애를 하는 모든 순간에, 설령 헤어진다 해도 내 마음이 편안할 수 있다. 연애뿐만 아니라 다른 모든 인간관계에서도 마찬가지다. 누군가와 만날 때 스스로 계속 움츠러들어서 접고 들어가고 자존감을 깎으니까 힘들 수밖에 없었던 것이다. 상대를 무시하라는 말이 아니라 인간적인 예의는 지킨다는 가정하에, 누구도 나의 존재 위에 두지 마라.

앞으로도 스스로 접고 들어가는 태도가 변하지 않는다면 연애를 할 때마다, 인간관계에서 힘든 사람을 만날 때마다 매번 같은 상황이 반복될 수밖에 없다. 이번에도 고민하고, 상처받고, 헤어짐을 통보받으며 다시 힘들어지는 쪽은 내가 될 수 있다.

○ 나는 기꺼이 나서려고 한다.

○ 나는 거리낌 없이 말하고자 한다.

○ 나는 계속 해나갈 것이다.

○ 나는 혼자라고 느껴질 때도 앞으로 전진할 것이다.

○ 나는 매일 밤, 평안한 마음으로 잠자리에 들고자 한다.

○ 나는 가장 위대한 최고의 모습을 지닌, 가장 강한

나 자신이 될 것이다.

배우 엠마 왓슨이 자존감이 낮아지거나, 상처를 받았을 때 마음을 다잡았던 여섯 개의 문장이다. 이 문장들처럼 나를 지켜야 할 순간에 기꺼이 나서고, 필요할 때는 거리낌 없이 말하며 앞으로 전진해나간다면 남이 준 상처 때문에 힘들 일은 줄어들 것이다.

그 누구도 나의 자존감을 잃으면서까지 만나야 할 사람은 없다. 고민할 필요도 없다. 나 스스로 자존감을 깎으면서 누군가를 만나려고 할 때마다 '내가 왜 이러고 있지?' 하는 생각을 잊지 않았으면 한다. 건방진 태도를 말하는 게 아니라, 내 자존감만큼은 굳이 스스로 깎아내리면서 헛되게 하지 말자는 것이다. 적어도 관계의 핸들은 내가 쥐고 있도록 하자.

○
나의 삶은
나의 선택에 따라
정답이 된다.

여전히 그에게
휘둘리는 나에게:

당신은
이미 충분히
매력적인
사람이다

스스로
깎아내릴 필요는
없다

과거의 기억에 얽매여서
자신을 속박하지 마라.

나에겐 나 자신을 사랑하고
보호해야 할 의무가 있다.

사랑하는 사람과 같이 있는데도 어딘가 마음 한구석이 허전하고 외로워질 때가 있다. 특히 내 자존감이 떨어졌을 때 이런 상황에 빠진다. 연인의 이성 친구와 내가 자꾸만 비교되거나 그 사람의 전 연인보다 내가 못하다고 느껴질 때, 울컥하고 외롭고 속상한 감정이 몰려온다.

'이 사람이 진짜 나를 좋아하는 걸까? 다른 사람에게 가버리면 어떡하지?' 하고 신경 쓰이고 '이 사람이 이전에 만난 사람들은 어떤 사람이었을까, 나보다 더 좋은 사람이었을까?' 하는 생각들이 자신을 더 괴롭게 만들곤 한다.

보통 연애 경험이 많지 않은 이들이 자존감을 깎아가며 사랑을 한다. 이런 사람들이 꼭 알아둬야 하는 사실은 '남자든 여자든 진짜 사랑하지 않으면 계속 만나지 않는다'는 것이다. 평소에는 당당하고 자존감 높은데 이상하게 연애할 때만 소심해지거나 헌신적으로 변한다면, 그럴 때는 '이 사람이 나를 왜 만나는 거지?' 하고 상대방이 나와 만나는 근본적인 이유부터 짚어볼 필요가 있다.

왜 나일까? 이전 연인들보다, 그 어떤 이성보다 내게 끌리고 내가 좋으니까 지금 사귀고 있는 것이다. 나를 만나기 전의 그 누군가보다 '내가' 상대방을 더 알고 서로 잘 통하니까 관계가 이어지는 것이다. 지금 그 사람의 머릿속에는 내가 '더 나은 사람'이라는 생각이 가득하다. 나 역시 상대방이 좋으니까 사귀고 있는 것 아닌가? 상대방도 똑같다. 내게 이만큼의 감정을 느끼지 않았다면 결코 사귀지 않았을 것이다.

물론 처음에 서로 만남을 시작할 때는 두 사람이 가진 감정의 크기가 당연히 같을 수 없다. 어느 쪽의 감정이 더 크든 자연스레 차이가 난다. 하지만 만남을 어느 정도 지속한 뒤에는 대등하게 서로 사랑하는 관계가 되었다고 보면 된다. 어느 한쪽이 꿀리고 밀리는 관계가 아니다.

'이 사람이 진짜 나를 좋아하는 걸까?'
이런 질문의 악순환에 빠져서
스스로 초라하게 만들지 않았으면 한다.

당신은 이미 충분히 매력이 있고
사랑받을 자격이 넘치는 사람이다.
잊지 말자, 자신의 가치를 높게 여기는
사람에게서 빛이 난다.

상대방이 이전에 누구를 만났건 나보다 이 사람을 더 잘 알고, 잘해줄 수는 없다. 자신감을 가지자. 앞으로도 상대방이 이성 친구들과 오해할 만한 행동을 하고, 전 연인에게 연락이 오고, 그 흔적들이 자꾸 눈에 밟히게 된다면 더 이상은 내게 이런 일을 하지 못하도록 단호히 행동해야 한다. '내' 연애이므로, 같이 있어도 이토록 외롭게 만드는 사람과 함께할 것인지를 '내가' 결정하는 거라고 생각하라.

내가 나를
사랑하는 방법을
모를 때

나 자신을 있는 그대로 받아들일 때
자존감은 비로소 높아진다.

나의 장점과 단점 모두를
세상의 눈으로 판단하지 않고
그 자체로서 받아들여야 한다.

자존감은 롤러코스터와 같다.

어떤 날은 높고

또 어떤 날은 낮고

자존감이 낮다고 해서 주눅 들고

자책할 필요는 없다.

이제 올라갈 일만 남았으니까.

어느 날 독자가 이런 글을 보내주었다. 이 글처럼 자존감은
항상 높을 수만도 없고, 낮기만 할 수도 없다. 자존감은 유
기적인 감정이기에 오르락내리락하면서 나의 하루를 만들
어나간다. 울적했다가 자책에 빠졌다가도 누군가의 말이나
행동에 따라 자신감이 불쑥 솟고 스스로 자랑스러워질 때도

있다. "어떻게 하면 나를 사랑할 수 있을까요?"라는 질문을 자주 받지만 각기 처한 상황이 다르고 현재의 감정이 다르기에 정답은 단 하나가 아닐 거라 생각한다.

다만 한 가지 분명한 방법은 '시간'과 '부모'를 항상 염두에 두는 자세다. 자존감은 나 자신을 있는 그대로 받아들일 때 비로소 높아진다. 나의 장점과 단점 모두를 세상의 눈으로 판단하지 않고 그 자체로서 받아들일 필요가 있다. 무의식 속에서 나와 부모는 하나로 연결되어 있는데, 부모를 미워하거나 원망하는 마음이 조금이라도 있다면 나 자신을 온전히 수용할 수 없다. 내면에서 스스로 나를 거부하게 되기 때문이다.

———

자존감은
단순히 나 하나만 사랑하고 받아들인다고 해서
회복되는 게 아니다.

나를 둘러싼 가족과 환경을 그대로 받아들이고 그들을 온전히 사랑해야만 한다. 지금 내 나이일 때의 부모의 얼굴을 한

번 떠올려보라. 그때는 지금처럼 새치도 많지 않고, 병원도 자주 찾지 않았을 것이다. 좀 더 건강해서 어디가 아프다는 말도, 불편하다는 말도 거의 할 필요가 없었을 것이다. 그러나 시간은 기다려주지 않고 끊임없이 흘렀고, 나를 낳고 키우는 동안 부모는 현재의 나이든 모습으로 변해버렸다.

"잊지 말자. 나는 어머니의 자부심이다. 모자르고 부족한 자식이 아니다."

드라마 〈미생〉에서 주인공 장그래는 자신감이 떨어질 때 이 말을 읊조린다. 정말 그렇다. 나는 부모가 시간과 젊음을 바치면서 소중하게 지켜낸 사람이다. 정말 나 자신을 사랑하고 싶다면 '내가 그토록 가치 없는 사람인지' 생각해봤으면 한다. 부모는 결코 가치 없는 존재로 살라고 나를 낳고 오랜 시간 희생한 게 아니다.

시간과 부모. 이 두 가지를 자각하고 자신을 진정으로 사랑하기 전까지는 타인 역시 제대로 사랑할 수 없다. 나를 사랑하는 일은 결국, 많은 관계의 해답이 될 것이다.

그를 삶의
1순위에 놓는 당신에게

단지 좋아한다는 이유로

그의 연락을 마냥 기다리고 있는 동안,

당신은 만년 대기조가 되고 만다.

당신이 계속 기다린다는 사실을 알면,

그는 영원히 당신을 기다리게 할 것이다.

더 좋아하는 사람이 손해를 본다고들 한다. 이건 사람에 따라서 맞는 말이기도 하고 틀린 말이기도 하다. 더 정확하게 말하자면 '좋아하기만 해서 손해를 보는 것'이다. 내 감정을 잘 컨트롤할 수 있고 상대를 다룰 줄 아는 사람이라면 누구를 좋아한다고 해서 손해를 보진 않는다. 손해를 보는 사람들은 그냥 좋아하는 거 말고는 할 줄 아는 게 없어서다. 그래서 손해를 보는 것이다.

사랑할 때 본인의 감정을 컨트롤할 수 있는 사람과 사랑에 취해서 어쩔 줄 모르는 사람. 나는 어느 쪽에 속할까? 일단 자신의 감정을 컨트롤할 수 없는 경우, 사랑이 시작되는 순간부터 삶은 이렇게 바뀐다.

○ 친구나 지인과의 약속을 취소한다. → 그와의 데이트
를 위해.

○ 일할 때나 공부할 때 수시로 핸드폰을 본다. → 그에
게서 온 연락을 놓치지 않기 위해.

○ 퇴근 후에 다니던 피트니스 센터를 그만둔다. → 그
와 만나기 위해.

○ 다른 취미나 자기 계발 시간이 없어진다. → 그가 나
의 유일한 취미이자 꿈이기 때문에.

사랑에 빠지면 인생의 제1순위에 상대방을 놓는 사람이 많
다. 뭐든지 가장 좋은 것을 주고 싶고, 맛있는 게 있으면 먼
저 먹이고 싶고, 공부하거나 일할 때도 집중하지 못한 채 상
대의 연락만 기다리는 것이다. 연인 이외의 다른 관계들은
다 끊어지고, 자기 계발도 완전 중단, 본인의 세상에는 그
사람만 남는다. 그렇게 내 인생에서 '나'를 스스로 지운다.
내 인생임에도 불구하고 내가 없어지는 상황에 이른다.

만약 본인이 좋아하는 감정을 컨트롤하지 못하는 타입이라
면, 그 사실부터 받아들이고 의식적으로 개선하려 노력해야
한다. 그렇지 않다면 연애의 끝에 남는 것은 마음의 상처와

망가진 인생뿐일 수 있다.

누군가를 좋아하게 되더라도 항상 나를 놓아선 안 된다. 사랑을 하더라도 그보다 우선시되는 내가 존재하느냐가 훨씬 더 중요하다.

"너를 너무 너무 사랑해,
그런데 너보다 나를 더 사랑해."
라는 마음으로 사랑하면
아무리 좋아해도 절대 상처받지 않는다.

이토록 소중한 내가 주는 사랑을 감사하게 받을 줄 아는 사람이 분명히 있다. 그렇게 내가 사랑하는 것만큼, 사랑을 돌려주는 사람과 행복감을 느끼면서 맺는 관계가 진짜다.

○
잊지 말자.
내가 있어서
그 사람이 있는 거지,
그 사람이 내 존재의
이유는 아니다.

지금보다 절실한 나중이란 없다.
눈앞에 와 있는 지금이 아닌,

어쩌면 안 올지도 모르는 다음 기회를
얘기하기엔 인생은 그리 길지 않다.

게으름과 용기 없음으로 눈앞의 사람을 포기한다면
다음 기회에 그는 없다.

어쩌면 다음 기회는 영원히 오지 않을지도 모른다.

_ 드라마 〈응답하라 1997〉 중에서

나이에 비해서 연애 경험이 부족하다면

사랑에도 '대가 지불'이 필요하다.
움직이는 만큼, 애쓰는 만큼
꼭 그만큼의 보물이 내 손에 쥐어진다.

아무것도 하지 않는다면
아무것도 얻을 수 없을 것이다.

"모태 솔로는 하자 있는 사람인가요?" "저는 연애 경험이 별로 없는데 저한테 무슨 문제가 있는 것처럼 이야기하는 사람이 있어요."

지금껏 딱히 마음에 드는 사람도 없었고, 괜찮은 사람을 만날 기회도 안 생겨서 어쩌다 보니 모태 솔로가 되었는데―혹은 연애 경험이 별로 없는데―이 문제로 생각보다 많은 사람이 고민한다.

만약 모태 솔로라고 해도 본인의 선택하에 스스로 연애 없는 삶을 택한 거라면 아무런 문제가 없다. '여태 연애를 못한 걸 보면 다른 문제가 있는 거 아니야?' '살면서 무슨 연애에 트라우마라도 생겼어?' 하고 오지랖 넓은 참견을 하는 주변인들의 말은 귓등으로 넘기면 될 일이다.

하지만 진심을 나눌 수 있는 누군가를 만나고 싶고, 사랑받고 싶다면 다음의 방법을 고려해보았으면 좋겠다. 지금 권할 수 있는 제일 현실적인 방안은, 나이가 나이니만큼 10대의 마음처럼 순수한 사랑, 모든 것을 잊고 서로만을 뜨겁게 바라보는 그런 사랑을 바라면 안 된다는 것이다. 냉정하게 느껴질 수도 있겠지만, 이해하고 받아들여야 할 사실이다.

누군가와 깊은 관계를 맺은 경험이 적을수록 자신도 모르게 좋아하는 만큼 집착하고 매달리게 되는데, 그보다는 한 걸음 물러서서 자신의 감정을 객관적으로 볼 필요가 있다. 그래야 나이에 맞는 성숙한 사랑을 할 수 있다.

최대한 짧은 기간 동안 여러 사람을 만나보고, 깊은 관계로까지 발전하지는 못하더라도 '이 사람은 이런 사람이구나' '이 사람에게는 이런 장점이 있고, 다른 사람에게는 이런 문제점이 있구나' 하면서 사람 보는 눈을 빠르게 기를 필요가 있다. 그렇게 내 인생에서 독이 되는 사람과 득이 되는 사람을 가릴 줄 알게 되면 그때 가장 괜찮은 사람과 진짜 사랑을 시작하면 되는 것이다.

감정이 이끄는 대로 여러 사람을 만나보며
다양한 시행착오를 거치면서
자신에게 맞는 관계관을 형성해나가는 것이
무엇보다 중요하다.

사랑에도 대가 지불이 필요하다. 본인에게 자신이 없어서든, 누군가를 만날 기회가 주어지지 않아서든 어떤 이유로다른 사람과의 만남을 미룬다면 그만큼 나에게 맞는 '보물같은 사람'은 찾을 수 없게 된다. 두려워도, 바빠도, 상황이여의치 않아도 새로운 인연을 위한 모험을 떠나는 사람에게보물은 발견된다. 행여 어렵게 시작한 관계가 끝나더라도힘들어하지 않았으면 좋겠다. 사랑한 만큼, 내가 행복했던만큼 힘든 건 당연한 거니까 '왜 나만 힘들지' 하고 생각하지 않았으면 한다. 세상에 공짜는 없고, 사랑에도 대가 지불은 필요하며, 결국 사람과의 만남은 내게 또 하나의 귀한 경험이자 깨달음으로 남을 것이다. 모든 일은 마음먹기에 달려있다. 늦어도 아직 아무것도 늦지 않았다.

낯선 이성과 자주 눈이 마주친다면

사람의 눈은 혀만큼이나 많은 말을 한다.
게다가 눈으로 하는 말은 사전 없이도
전 세계 누구나 이해할 수 있다.

잡지 페이지를 넘기는 그 짧은 시간,
단 3초 정도의 짧은 눈맞춤으로도
운명은 달라진다.

"우연히 쳐다보다가 자꾸 눈이 마주치면 설레요. 왜 자꾸 나를 쳐다보지 싶고요. 혹시 저에게 관심 있는 걸까요?"

일단 눈이 자꾸 마주치는 것은 호감의 표시라고 할 수 있다. 밥을 먹고 있거나 카페에 있는데 낯선 누군가와 눈이 마주친다면, 지나갈 때마다 고개를 돌릴 때마다 어떻게 해서든 눈이 마주치는 사람이 있다면 그것은 절대 우연이 아니다. 그 사람이 나를 인식하고 있다는 뜻이니까. 괜찮게 생각했든지, 외모가 마음에 든다고 느꼈든지 정확한 이유는 알 수 없다 해도 잦은 눈 마주침은 어쨌든 그 사람도 나를 인지하고 있다는 증거다.

아예 관심이 없다면,

내가 아무리 쳐다본다 해도

그 사람은 두 번 이상 나를 보지 않는다.

내가 먼저 눈길을 줬는데 그도 몇 번이고 날 바라본다면 그는 그 전부터 나라는 사람을 내심 신경 쓰고 있었던 거라고 볼 수 있다. 나도 마찬가지고. 그렇기 때문에 서로 자꾸만 눈이 마주친 것이다. 순식간에 본능적으로 이끌려서 자꾸만 보게 된 그런 경우다.

작가이자 저널리스트인 마이클 엘스버그는 《눈맞춤의 힘》에서 처음 보는 상대가 보내는 눈빛의 의미를 밝히고자 실험을 진행했다. 남녀 학생 115명과 전문 남녀 배우들에게 만남을 갖게 하고, 실험 대상 학생들의 눈동자 움직임을 몰래 카메라로 촬영했다. 그런 다음 학생들에게 상대 남녀 배우의 매력을 점수로 매기게 했는데, 상대 여배우가 아름답다고 생각한 남자의 경우 그녀를 응시한 시간이 평균 8.2초에 달했다고 한다. 좀 더 놀라운 실험 결과는 눈이 마주치는 시간의 총합이 8.2초 이상일 때는 첫눈에 사랑에 빠지게 될 확률이 높다는 것이었다.

그러므로 길을 걸을 때나, 카페에 있거나, 그 외의 어떤 상황에서든 모르는 이성과 눈이 계속 마주친다면, 그 사람은 나에게 호감을 느끼고 있다고 생각해도 된다. 그리고 눈이 마주치는 시간이 길면 길수록 관계가 진전될 확률이 높다. 사귀는 사람이 있다면 이야기가 달라질 수도 있겠지만 그렇지 않고서야 발전할 가능성이 있으니까, 긍정적으로 받아들이고 다가가 보았으면 한다. 사랑을 하고 싶은데 모르는 이성과 자주 눈이 마주친다면 절대 피하지 마라.

썸 탈 때 가장 많이 저지르는 결정적 실수

살펴보고 다가가도 늦지 않는다.

"우린 어떤 사이야? 왜 연락이 없어?"

안달 낼수록 그 사람의 마음은 식는다.

　　　　　서로 알아가는 단계일 때 가장 흔하게 저지르는 실수가 모든 기준을 내게 대입해서 '저 사람도 그렇겠지'라고 생각하는 것이다. 사람마다 각자 처한 상황은 다 다르고, 지금 연애를 할 마음이 있는지 없는지도 각기 다르다는 사실을 잊어서는 안 된다.

예를 들어 본인이 헤어진 지 시간이 좀 지나서 어느 정도 마음의 정리도 되었고, 지금 당장 연애하는 것 이외에 별다른 걱정이 없고 시간적인 여유도 많이 있다고 해서 '지금 마음에 두고 있는 저 사람도 나랑 비슷한 상황이겠지'라고 생각한다면 큰 오산이다.

나는 사랑을 하고 싶고
그럴 상황도 되지만
상대방은 아닐 수 있다는
사실부터 깨달아야 한다.

상대방은 지금 당장 연애를 할 마음의 여유가 없을 수도 있고 시간적인 여유가 없을 수도 있다. 그뿐 아니라 연애 외적으로 해야 될 일이 많을 수도 있는데, 내 마음이 앞서다 보면 상대방의 상황은 전혀 눈에 들어오지 않을 때가 있다.

내가 지금 여유롭다고 해서 대놓고 '그게 뭐가 중요해?'라는 자세를 취한다면 상대방 입장에서는 '그게 제일 중요한 건데 이런 식이라면 내가 이 사람을 어떻게 만나지?'라는 생각이 들 수밖에 없다. 그렇기 때문에 현재 그 사람이 처한 상황을 있는 그대로 이해해주는 게 무엇보다 중요하다.

사람이다 보니 상대방의 상황에 이입이 쉽게 되지 않을 수는 있다. 영화를 보러 가자고 청했을 때 상대방이 뭔가 다른 일정이 있어서 거절한다면 '내가 마음에 안 들어서 그런 가?' '내가 뭐 실수했나?' 하는 불안한 마음이 들기도 한다. 그 사람은 나름대로 중요한 일 때문에 내 제안을 거절한 것 인데 본인이 받아들이기에는 '별로 중요한 일도 아닌데 왜 이렇게 얘기하지?' 하는 생각이 들 수 있다. 문제는 이런 일 이 반복되면 계속 상황이 꼬인다는 것이다.

그러니까 상대방의 상황을 있는 그대로 이해하고 맞춰나가 는 수밖에 없다. 특히 내가 좋아하는 마음이 더 커서 시작된 관계라면 더욱 그렇다. 반대로 상대방이 나를 더 좋아했다 면 그가 내게 맞춰주는 게 눈에 보였을 것이다. 그러면 조금 더 내 마음이 편했을 수는 있다. 그런데 이런 경우가 아니라 면 상대의 상황에 어느 정도 맞출 수밖에 없다는 사실을 본 인 스스로 깨닫고 감당해야 한다. 어렵겠지만 여유를 가질 필요가 있다.

확실히 관계 초반에는 아직은 정식으로 교제하는 사이가 아 니므로 상대방에게 너무 많은 것을 바라지 않는 게 제일 중 요하다. 고백해서 정식으로 사귀는 사이가 되기 전에 연인 한테 바랄 수 있는 것들을 원하게 되면 기대감에 그에게 실

망하게 되는 경우도 생기고 반대로 그 사람에게 괜한 부담
을 주게 되기도 한다. 그러다 보면 관계가 흐지부지되기 십
상이다.

―――――

썸 타는 상대는
아직 완벽히 내 사람이 아님을
항상 명심하도록 하자.

썸 탈 때는 너무 앞서가지도 말고 뒤처지지도 말고 여유로
운 마음으로 자연스럽게 연락과 만남의 횟수를 늘리며 서로
호감을 키워가는 게 중요하다. 그러니까 너무 많은 기대는
하지 말고 상대를 조금 더 기다려보자. 그에게 나를 사랑하
기 위한 충분한 시간과 기회를 줘야 한다.

○

내가 좋아하는 건 내 마음이지만,
그가 누구를 좋아하든
그건 그 사람 마음이다.

때로는 내가 바꿀 수 있는 것과
없는 것을 구별할 필요가 있다.

SNS 하나편 그가 어떤 사람인지 알 수 있다

SNS는 그 사람을 보여주는 또 하나의 창이다.
특히 본인이 직접 선택해 업로드한 사진에는
자신의 심리가 고스란히 담겨 있다.

누군가에게 관심이 갈 때, 몇 번 보지는 않았지만 호감인 사람이 생겼을 때 상대방이 어떤 사람인지 파악할 수 있는 방법이 있다. 그가 SNS를 하고 있고, 그의 계정을 알고 있다면 어떤 사람인지 대략 파악이 가능하다. (단, 모든 사람이 아래의 사항에 속하지 않을 수 있음을 참고하자.) 상대방의 SNS에 접속해서 피드를 쭉 내려보자. 페이스북의 경우에는 한눈에 살피기가 힘들지만 인스타그램은 9장, 12장씩 사진을 모아서 볼 수가 있다. 스크롤을 쭉쭉 아래로 내리면서 피드의 전반적인 느낌을 살펴보자.

이때 셀카 사진이 유독 많은 사람이 있고 반대로 다른 사람이 나를 찍어준 사진류가 많은 사람이 있다. 또 한 가지 더

해서, 먹었던 음식이나 풍경, 장소 같은 부류의 사진이 많은 사람이 있다. 피드를 일차적으로 다 봤을 때 어떤 느낌이 드는가? 셀카 사진이 많은가 아니면 풍경이나 음식 사진이 많은가?

첫 번째로 셀카 사진이 많은 사람은 대부분 사진 찍기 선호하는 자신만의 특정한 공간이 있다. 예를 들면 본인 집에서도 거실 조명등 바로 밑이라든가 욕실 거울 앞 같은, 사진이 잘 나오는 특정한 공간에서 비슷한 느낌의 셀카를 여러 장 찍어 올리는 사람이 있다.

반면에 여기저기 다양한 장소에 가기는 하지만 그래도 배경만 달라질 뿐 결론은 셀카 사진으로 올리는 사람이 있다. 다양한 배경의 사진을 찍지만 결국은 남이 아닌 자신의 손으로 본인을 직접 찍은 사진을 올리는 것이다. 이런 사람들은 내향적이든 외향적이든 성격을 떠나서 대부분 집 밖으로 겉돌지 않는 사람이라고 볼 수 있다. 대부분 집순이, 집돌이들이라고 보면 된다.

소통도 하고 싶고 관심을 받고 싶기도 해서 사진은 계속 주기적으로 올리지만, 주된 사진이 셀카인 것이다. 이런 타입인 사람의 SNS를 보면 피드의 전반적인 구성 자체가 12장 중에서 8~9장이 셀카일 가능성이 높다. 나머지가 음식 사진이라든가 아님 놀러 갔던 장소의 사진, 이런 느낌일 것이다. 이런 사람들은 대개 행동반경이 넓지 않은 집돌이, 집순이일 가능성이 높기 때문에 연애할 때도 속을 썩이고 신경 쓰이게 하는 스타일이 아닐 수 있다.

반대로 다른 사람이 찍어준 사진이 훨씬 많거나 대부분인 경우―한 예로 카페에서 의식하지 않고 있을 때 누군가가 찍어준 사진류가 많은 경우―는 남자와 여자를 나눠서 살펴봐야 한다. 여자들은 카페 등의 장소에서 예쁜 오브제가 있을 때 서로 사진을 찍어주는 경우가 많다. 반면에 남자들이 사진 찍기 좋은 카페에 있다고 해서 서로를 찍어주는 일은 거의 없다고 봐야 한다. 직업적으로 꼭 필요한 경우 말고는 남자가 다른 남자의 사진을 정성 들여서 찍을 일은 거의 없다.

따라서 관심이 가는 남자의 SNS 피드를 봤는데, 대부분 타인이 찍은 사진이라면 다음 네 가지 경우일 수 있다.

○ 첫 번째, 헤어진 지 얼마 안 된 사람

　전 연인과 헤어진 지 얼마 안 되었기 때문에, 사귀면서 연인이 찍어준 사진들을 미처 정리하지 않은 경우일 수 있다. 남자들은 데이터 정리에 둔감한 면이 있어서 의외로 이런 케이스에 속하는 사람이 꽤 된다.

○ 두 번째, 지금 친하게 지내는 이성 친구가 많은 사람

　여자친구들은 남자친구들보다 상대적으로 사진을 잘 찍어주는 편이니까 피드에 남이 찍어준 느낌의 사진이 많은 것이다.

○ 세 번째, 아는 여자(여사친)가 많은 사람

　흔히 주변에서 "여자 많게 생겼네" 말을 듣는 경우가 여기에 속한다. 이런 사람과 사귈 경우 마음고생 예약 감이다.

○ 네 번째, 사진 찍는 걸 정말 좋아하는 사람

　어디 갈 때마다 삼각대를 챙겨 가서 남이 찍어준 것

처럼 사진을 찍는 사람들. 그런데 이런 경우는 거의 없다고 봐야 한다.

마지막으로 그 사람이 SNS에 사진을 올린 빈도도 눈여겨보자. 셀카 사진을 하루가 멀다 하고 올렸다면 아마 그는 나르시시스트일 가능성이 높다.

결론적으로 SNS를 안 하는 사람이라면 모르겠지만 적당히 하는 사람이라면 남이 찍어준 사진이 많은 사람보다는 셀카가 많은 사람과 만났을 때, 연애를 하고 나서 내가 신경 쓸 확률이 줄어든다.

단, 개인차가 있을 수 있으니 상대방의 특성을 고려해서 살펴보도록 하자.

반드시 만나야
할 사람 vs
거리를 둬야 할 사람

어떤 것에든 중독된 사람은 만나지 마라.

자신의 문제조차 스스로

처리할 수 없는 사람이라면

제대로 사랑할 능력 또한 있을 리 없다.

모두가 말리는 남자에게 마음을 빼앗겨서 매일 상처받고 지치면서까지 관계를 끊지 못한다면? 옳은 답이 아닌 사람과 쉽사리 헤어지지 못한다면, 혹은 이런 일을 미연에 방지하고 싶다면 아래의 내용을 참고해주길 바란다. 반드시 만나야 할 사람과 거리를 둬야 할 사람을 알 수 있다.

타입 1. 매너가 좋은 남자

매너 좋은 남자가 문제시되는 일은 많지 않다. 단, 모든 여자에게 잘해주는 게 아니라면. 특히 여자친구의 친구들에게 더욱 잘해주는 남자는 마음고생의 싹과 같은 존재다. 남자 중에는 매너가 몸에 배고 다른 사람들에게 밉보이기 싫어서 자신이 아는 모든 이들에게 습관적으로 잘해주는 사람이 있다.

별 의식 없이 하는 행동임에도 여자들은 그런 행동에 굉장히 민감하다. 남자의 기준에서는 '여자친구의 친구들한테 다 잘해주면 좋은 거 아닌가?' 하고 생각하겠지만 여자 입장에서는 아무리 가까운 친구나 지인이라 하더라도 나한테 했던 걸 똑같이 다른 사람한테 해주는 남자는 달갑지 않다.

타입 2. 표현을 잘하는 남자

남녀 관계에서는 '표현'이 굉장히 중요하다. 가족처럼 피를 나눈 사이가 아닌 생판 모르는 타인을 만나서 함께 만들어 나가야 하는 관계이기 때문이다. 부모와 자식 관계라면 사랑하는 마음을 굳이 매일 표현하지 않아도 괜찮다. 수십 년의 시간 동안 서로에 대한 신뢰와 애정을 쌓아왔기 때문이다. 그런데 연인 사이처럼 가족 간이 아닌 관계에서는 제대로 표현하지 않으면 상대의 마음을 명확히 이해할 수 없다. 어느 순간에는 반드시 트러블이 발생하게 된다.

사랑은 상대를 이해하고 마음을 표현하려는 노력에서 시작된다. 표현을 잘하는 남자와는 설령 어떤 오해가 생기더라도 금세 해소하고 충분히 원만한 관계를 유지해나갈 수 있을 것이다.

타입 3. 연락을 잘하는 남자

기본적으로 연락에 소홀해서 계속 기다리게 하는 남자는 피해야 한다. 연락을 잘하기 위해서 핸드폰을 붙들고 사는 남자를 만나라는 말이 아니다. 최소한 신경 쓰지 않게 하고, 너무 많이 기다리지 않게끔 하는 사람을 만나라는 것이다. 혹시 기다려야 할 일이 있다면 왜 기다릴 수밖에 없는지 그 이유를 이야기해주는 그의 태도에서 연인에 대한 배려심을 읽을 수 있다. 충분히 나를 배려하지 않는 남자와 굳이 만나야 할까?

타입 4. 술·게임·친구 관계에 빠진 남자

게임에 깊게 빠져서 헤어나오지 못하는 남자들, 생각보다 많다. 그리고 술 좋아하는 남자나 친구가 너무 많아서 연애할 때 연인보다 친구들을 더 많이 만나는 남자도 많다. 남자가 술, 게임, 친구를 좋아하는 것은 개인적인 성향으로 볼 수도 있다. 따라서 취미에 그친다면 큰 문제가 되지는 않는다. 다만 단순히 좋아하는 선을 넘어 '두 사람의 관계'에 문제가 되기 시작한다면 상황이 잘못된 것이 맞다. 그런 남자들의 마음속 우선순위에선 연인은 항상 뒤에 놓여 있다. 또한 술과 게임을 적당한 선에서 자제하지 못하는 남자는 자기 관리도 뒷전일 수밖에 없다. 따라서 남자에게 고칠 의지가 없다면 선택을 해야 한다. 계속 이대로 받아주면서 버티는 연애를 할 것인가 아니면 과감하게 버릴 것인가?

타입 5. 공감 능력이 높은 남자

평균적으로 남자는 여자에 비해서 공감 능력이 떨어진다. 반면에 여자는 공감 능력이 높아서 어떤 말이나 행동보다 내게 공감해주는 남자에게 크게 감동한다. 예를 들어, 여자는 남자친구에게 꽃이나 직접 만든 케이크를 선물 받으면 그 선물 자체에 감격하기보다는 상대방이 선물을 주기까지의 상황을 머릿속에 떠올리며 더욱 큰 감동을 받는다.

남자친구의 꽃과 케이크 선물에서 그가 꽃집에서 고민하는 모습을 떠올리고, 케이크를 직접 만들 수 있는 곳을 찾아서 열심히 만들어내는 그 과정까지 읽어낸다. 한편 남자는 선물이라는 눈앞에 있는 당장의 결과물만 생각한다. 여자에 비해서 깊게 전후 맥락을 읽고 공감하지 못하는 것이다. 그렇기 때문에 이런 남자의 특성을 이해하되, 남자 중에서도 나름대로 어느 정도 공감을 잘할 수 있는 사람, 여자가 왜 이렇게 생각하는지 이해하려고 노력하는 사람을 만났으면 좋겠다.

내게 최대한 공감해주고 내가 지금 무슨 생각을 하는지 이해하려고 하는 사람과는 트러블이 생길 일이 없다. 오래 만남을 지속하기 위해서 공감 능력이 뛰어난 남자를 선택하라.

타입 6. 책임감 있는 남자

단순히 자기 일을 열심히 하는 사람, 이런 차원이 아니라 혹여 정말 힘든 상황이 닥쳐오더라도 내 손을 놓지 않을 수 있는 사람, 어떻게 해서든 다시 일어나려는 의지가 있는 사람을 만나야 한다.

회사에서 갑작스레 권고사직을 당한다 해도 어떻게든 빠른 시간 내에 다시 생활 전선에 뛰어들 그런 책임감 있는 사람, 그럴 만한 각오가 돼 있는 사람 말이다.

다만 책임감은 두고두고 그 사람을 오래 지켜보고 나서야 알 수 있는 특성인 만큼, 한눈에 알아보기란 쉽지 않다. 그럼에도 책임감은 사랑할 사람을 선택할 때 꼭 살펴봐야 할 매우 중요한 요소 중의 하나다. 아무리 좋은 남자라도 일이 생기면 잠수 타고 도망가 버리는 스타일이라면 더 이상 믿을 수 없지 않을까.

단언컨대, 이런 요소를 다 갖춘 사람을 찾기는 쉽지 않을 것이다. 그럼에도 이 중에서 높은 확률로 어긋나는 게 있는 사람만은 피하기를 권한다. 이성에게 과잉 친절을 베푸는 행동이나 표현과 공감 능력, 연락 · 술 · 게임 · 친구 문제는 고칠 수 있는 것처럼 보이지만 타고난 성향에 가깝다. 더 이상 고쳐 쓰려고 생각하지 말고, 남이 고쳐놓은 사람을 만나라.

○
애초에 감당할 수 있는 사람과 만나라.

사귀기도 전에 눈에 거슬리는 부분,
자꾸 신경 쓰이는 부분이

하나라도 있으면

그래서 감당이 안 되겠다 싶으면
아예 시작을 하지 마라.

그게 제일 나를 위하는 길이다.

호감은 있지만
고백하지 않는
그에게 대처하는 법

관심과 애정을 구걸하지 말 것.

애쓰면 애쓸수록

상대방은 점점 더 거리를 두려 할 것이다.

'그 사람에게 고백받으려면 어떻게 해야 할까? 어떻게 표현해야 그의 마음을 부담스럽지 않게 사로잡을 수 있을까?

이 고민의 답 역시, 내가 이렇게 고민하는 '이유' 그 자체에 있다. 나는 왜 그에게 고백받고 싶은가? 가장 큰 이유는 '그 사람'이어야만 되기 때문일 것이다. 그가 내 머릿속에 가득하니까 그와 잘되고 싶고, 그에게 고백을 받고 싶은 게 아닐까.

하지만 남자 입장에서 보면 답은 더욱 선명하게 보인다. 자기 여자를 놓치고 싶지 않은 남자는 결코 헷갈리게 행동하지 않는다. 물론 고백조차 기다리게 하지 않는다.

지금이 고백 타이밍인 것 같은데 그래도 안 한다면 그는 시간이 지나도 고백하지 않을 가능성이 높다. 또한 내가 먼저 북 치고 장구 치면서 노력해야지만 내게 고백하는 사람이라면, 그 고백 또한 100퍼센트 진심에서 우러난 고백이 아닐 가능성이 높다. 이제는 판단을 내릴 때다. 지금 내가 섣부르게 상대한테 고백을 요구하고 있는 건지 아니면 충분히 기다렸는데 상대가 고백을 안 해서 지금 이렇게 고민하는 건지. 일단 현실 파악부터 해야 한다.

———

만남이 시작된 지
세 달, 네 달이 지났는데도 고백을 안 한다면
그 사람은 앞으로도 계속 고백을 안 할 사람이다.

그럼에도 내가 지금 너무 성급한 것 같은 느낌이 든다면 조금 더 기다릴 필요는 있다. 지금 고백하는 게 맞는지, 너무 이른 건 아닌지 모르겠는 상황은 상대방에게도 똑같을 수 있다.

그러나 그 남자도 나처럼 간절하게 좋아하는 마음이었다면 고백을 왜 안 했겠는가? 진작 했을 것이다. 이런 상황에서 지금 고백을 안 하고 있다는 건 무엇을 뜻할까?

그 상대방은 둘 중 하나다. 나를 그 정도까지는 생각하고 있지 않거나, 나와는 다르게 사귄다는 정의를 내리기까지 시간이 꽤나 오래 걸리는 사람이거나. 이것도 스스로 판단을 내려야 한다. 상대방이 어떤 타입인지.

종합적으로 판단해봤을 때 그의 마음이 나를 향해 있지 않다는 생각이 들면 그만 마음을 접고, 그래도 좀 더 시간이 필요하겠다 싶으면 기다려보자. 내가 목말라 있다고 해서 상대가 알아서 물을 건네주지는 않는다. 냉정하지만, 이것이 남녀 관계의 진실이다. 아쉬운 사람이 손 벌려야 한다.

그러니까 상대가 부담스럽지 않게 고백을 하게끔 만들 수 있는 방법, 그런 것은 없다고 본다. 내가 갈증이 난다면 먼저 사귀자고 말할 때다. 내가 사귀자고 했을 때 상대방도 나와 비슷한 마음이라면 "그러자"라고 말할 것이다. 그런데 그게 아니라 "생각이 좀 더 필요하다"라고 한다면 기다려주거나 마음을 접거나 둘 중에 하나를 선택해야 한다.

먼저 고백한다고 해서 관계에서 갑이 되거나 을이 되는 건 절대 아니다. 일단 내가 처한 상황에서 그때그때 어떻게 현명하게 행동하느냐가 훨씬 중요하다. 한편으로는 고백 직전에 '이러다가 내가 을이 되면 어떡하지?' 하고 고민하는 것 자체가 그 사람과의 진지한 관계까지 생각을 안 하고 있다는 반증이기도 하다.

갑과 을 관계는 서로 알아가는 단계에서는 존재할 수 있지만 진지한 관계로 발전되고 나서는 존재할 수 없다. 깊게 사랑하는 관계에서도 갑과 을이 나뉜다면 이미 틀린 관계다. 스스로 을이 되어도 상관없다고 여길 만큼 상대방이 사랑할 가치가 있는 사람인지부터 한번 따져보라. 그럼 답이 나올 것이다.

○

두 사람이 서로에게 집중해야 한다.

한쪽만 열심이거나,
두 사람의 이야기가 주변에 퍼지게 되면
본질이 흐려지게 된다.

예전의 내 모습이 그리워진다면
그건 좋은 관계가 아니다.
상대를 위해 나를 바꾸다 보면
결국엔 지치게 될 뿐이다.

○

내가 가진 최상의 것들을
누릴 자격이 있는 사람은

최악의 상태인 나를
감당할 수 있는 사람이다.

내가
더 좋아하는 사람에게
끌려다니지 않으려면

매 1분마다 사랑한다는 말을
듣고 싶어 하는 사람은 없다.

아무리 둔한 사람도
상대가 자신에게만
몰두하고 있는지는 알아챈다.

모든 남자가 그런 건 아니지만 보편적인 남자를 기준으로 봤을 때, 남자는 누군가 자기를 먼저 좋아해준다고 해도 그 사람에게 큰 고마움을 느끼지 않는다. 오히려 본인이 어느 정도 상대에게 관심이 있어야 관계를 시작하고, 상대도 내게 호감을 가진 것을 느끼면 감정이 급속도로 깊어진다.

예를 들어, 남자가 여자에게 별다른 감정 자체가 없고 긴가민가한 상태에서 반대로 여자 쪽에서 좋아한다는 고백을 받았다고 하자. 그래봤자 남자가 그 여자에 대해서 감정이 더 깊어지는 일은 쉽사리 일어나지 않는다.

스스로 아무 감정이 없는데
오로지 내가 좋아해준다고 해서
마음의 문을 여는 남자는
극히 드물다는 것이다.

그러므로 웬만하면 가볍게 시작해서 그 남자로 하여금 나를 좋아하게끔 만들 시간을 줄 필요가 있다. 아무 남자나 쉽게 만나고 마음을 줘도 된다는 뜻이 아니다. 처음부터 너무 진지하게 목숨 걸고 사랑하지 말라는 것이다. 많은 여자가 누군가를 좋아하게 되면 '어떻게 하면 이 남자도 나를 좋아하게 만들 수 있을까?'에 골몰한다. 그러나 남자 입장에서는 처음부터 상대가 너무 진지하면 그만큼 부담스러운 게 없다.

생각해보라. 남자는 '이제 마음의 문을 열어볼까?' 생각하고 있는데 여자가 '왜 나를 헷갈리게 하는 거야?' 하면서 관계를 정리해버리거나 "우리는 무슨 사이야?"라고 물으며 재촉하면, 남자는 도망가고 싶어진다. 그로써 남자는 '이 사

람은 더 이상 아닌 거 같아'라며 여자를 판단하고 단념하게
된다.

그러니까 처음에는 가볍게 시작하되, 천천히 마음을 줬으면
한다. 그렇게 남자로 하여금 나를 사랑할 여유를 줘라. 남자
는 어느 정도 관심과 호감이 생겨야 움직이고, 좋아하는 여
자가 생기면 바로 직진한다. 자동차들이 안전거리를 유지하
듯이 그와 나 사이에도 어느 정도 안전거리를 유지하며 만
날 필요가 있다. 그래야 사랑을 쟁취하고 동시에 나를 지킬
수 있다.

그 사람은 대체
왜 그러는 걸까:

3
장

더 이상
상처받지 않는
관계의
법칙

같이 되는 사람은
결국 혼자일 때도
괜찮은 사람

"왜 좋은 사람들은 자신을 함부로
대하는 사람을 선택하죠?"
"사람은 자기가 생각한 만큼만
사랑받기 마련이거든."

_영화 〈월 플라워〉 중에서

"어떻게 하면 연애를 잘할 수 있나요?"

지금까지 다양한 상담을 했지만 가장 흔하디흔하게 받은 질문은 단연 이것이다. 여기서 연애를 잘한다는 건 어떤 뜻일까? 오래 만나는 게 잘하는 걸까? 아니면 단순히 여러 사람과 교제를 하는 능력만으로도 잘하는 것이라 볼 수 있을까?

연애를 잘한다는 건, 결국 '사랑하는 방법을 아는 능력'이라고 생각한다. 사랑을 잘 받는 것뿐만 아니라, 제대로 주는 방법을 아는 사람이야말로 연애를 잘하는 사람이 아닐까?

연애 잘하는 사람들을 보면 상대를 잃는 걸 두려워하지 않는다. 즉 상대가 떠나도 아쉬워하지 않는다. 상대와 만나는 시간 동안 매 순간 최선을 다해서 상대를 행복하게 해주고 추억을 쌓을 뿐, 그에게 뭔가를 바라지 않는다. 이런 사람들은 상대가 나를 좋아해주길, 나만큼 사랑해주길 기대하지 않는다. 상대의 사랑을 갈구하지 않고 나만의 기준으로 사랑을 주기 때문에 주도권을 쥐고 연애를 해나갈 수 있다.

연인에게 "헤어지자"라는 말을 들었을 때
"알겠다"라고 대답할 수 있는 용기가
내게는 있는가?

헤어지자는 말 한마디에는 이전의 힘들었거나 안 맞는 부분들이 반복되어서 이제는 더 이상 붙잡아도 돌이킬 수 없는 상태가 됐다는 뜻이 담겨 있다. 그렇기에 이별 통보에 대응하는 모습에 따라 내가 얼마나 최선을 다해서 상대를 대했는지, 제대로 연애를 했는지를 알 수 있다.

혹시 상대의 이별 의사를 존중하지 않고, 한 번만 더 기회를 주면 내가 잘하겠다고 대답했다면, 몹시 이기적인 행동이다. 이런 대답은 잘못된 점은 고치지 않으면서 반성만 영원히 계속하겠다는 말이나 다름없다.

이별할 때 붙잡지 않는 행동은 상대에 대한 반성과 존중을 모두 함의한다. 그렇기에 이별 통보에 "알겠다"라고 대답할 수 있으려면 그만큼 매 순간마다 상대방을 소중히 대했고, 후회 없이 사랑했으며, 그렇게 사랑하는 자신의 모습까지도 사랑했어야 가능하다. 그렇기에 연애하는 동안 상대가 느꼈을 나의 잘못에 대한 반성과 인정을 "알겠다"라는 말 한마디로 대신할 수 있는 것이다.

잔인하게도 결국 연애를 잘하는 방법이란 누구와도 언제든 잘 헤어질 준비를 하는 것과 동일선상에 있다. 언제 이별 통보를 받아도 기꺼이 헤어질 수 있겠다는 마음으로 사랑하는 사람들은 연애를 못할 수가 없다. 모든 연애의 승자 아닌 승자는 여유를 가진 쪽이다. 상대를 가벼이 여기지 않고 만나는 매 순간 후회 없이 최선을 다하되, 언제든 자신의 마음을 지키면서 자존감을 가지고 사랑하라. 기꺼이 놓아줄 용기가 있는 사람이 사랑을 잘할 수 있다.

기억하라,
삶은 언제나
막대 사탕과 같다

본인이 기다려주고 감정 표현을 덜 한다고 해서
상대방이 나를 떠날 거라는
생각 자체를 버려야 한다.

그 대신 스스로 자신의 가치를
높일 필요가 있다.

서로 알아가는 단계에서 상대의 마음을 잘 알 수 없을 때는 그 사람이 아무리 내게 호감을 표시해도 쉽게 믿지 못한다. '이 사람이 왜 날 사랑한다는 거지? 진심일까?' 하고 상대의 마음을 있는 그대로 받아들이지 못하고 의심하게 되는 것이다. 특히나 내 마음이 너무 앞서가거나, 자존감이 낮을 때 이런 상황이 벌어진다.

자존감이 낮을 때는 상대를 오롯이 내 것으로 만들고 싶은 마음에 곁에 묶어두려는 심리가 발동한다. 혹시나 나를 떠나지 않을까 불안하니까 급하게 무리수를 두게 되고 상대의 마음은 배려하지 못한 채 혼자서만 앞서가게 되는 것이다. 그러므로 특히 썸 탈 때는 조금은 기다릴 줄 아는 인내가 필요하다.

감정의 속도를 보면, 여자의 경우에는 '사귄다'는 쪽으로 관계가 확실시되더라도 만나보면서 마음의 문을 열 것인가, 말 것인가를 결정짓는 사람이 굉장히 많다. 남자의 감정이 확 불타오른다면 여자의 감정은 서서히 점층적으로 올라가는 경우가 대부분이다. '이 사람이 너무 좋으니까 무조건 사귀어야겠다' 하고 사귀는 경우도 있겠지만, 지금은 사귀고 있다고 해도 관계가 사귀는 사이일 뿐이지 처음부터 온 마음을 내주는 여자는 잘 없다.

많은 사람이 만나다가 정말 괜찮으면 '이제 마음을 좀 열어도 되겠다'고 생각한다. 그런데 그 상황에서 상대방이 너무 성급하게 앞서가버리면 이전에 만났던 사람과 비교도 되고, 나와 잘 맞지 않는 것 같다는 인상을 받게 된다.

그러니까 썸을 타는 시기일수록
상대를 기다려주자.

초조한 마음이 들 때는 막대 사탕을 떠올려보자. 막대 사탕을 먹을 때 처음부터 깨물어서 먹으면 어떻게 될까? 당연히

이가 아프다. 막대 사탕을 한꺼번에 먹으려고 하면 힘들고 버겁다. 처음에는 입안에서 서서히 녹이면서 먹어야 한다. 계속 입 속에서 녹이면서 그 사탕의 맛을 음미하며 본연의 맛을 즐기는 거다. 사랑도 이와 마찬가지다.

본인이 기다려주고 감정 표현을 덜한다고 해서 상대방이 나를 떠날 거라는 생각 자체를 버려야 한다. 그 대신 스스로 자신의 가치를 높일 필요가 있다.

'이 사람도 내가 좋으니까 만나겠지, 근데 내가 표현을 잘 못한다고 떠날 사람이라면 언젠가는 떠날 사람이겠지' 이렇게 생각을 해야지 계속 머릿속에 담아두고 고민하면 어차피 될 것도 안 된다.

항상 기억하자, 썸은 막대 사탕과 같다고. 이것만 기억한다면 관계 초기에 마음이 어긋나는 일은 일어나지 않을 것이다. 다급하지 않게, 천천히, 뭐든 적당한 게 제일 좋다.

첫 만남에
상대방을 간파하는
노하우

만나도 될 사람과 안 될 사람은
첫 만남에 구분할 수 있어야 한다.

사소한 행동거지에서
배려, 눈치, 센스, 인성,
기본 중의 기본을 읽을 수 있다.

"호구처럼 온갖 주변 사람 사정 다 봐준다고 애인이랑 데이트 약속 미루는 건 예사고요. 기념일에도 솔로인 친구들이 부르면 달려가버려서 4년을 만나도 같이 기념일을 보낸 적이 없어요. 심지어 다른 여자 생일 챙겨준다고 단 둘이 레스토랑에 가질 않나, 휴대전화 사는 걸 도와주겠다고 몇 번을 따라다니고…."

4년간 타인을 심하게 배려하는 '매너 넘치는' 사람과 사귀었던 경험자의 사연이다. 매너 좋은 사람이 과연 사귈 때도 마냥 좋은 사람일까? 사람의 내면은 복잡다단하기에 한눈에 파악하기 어렵다고들 하지만, 그럼에도 첫 만남에 상대방을 파악할 수 있는 방법은 분명 있다.

처음 상대를 만난 자리에서, 다음과 같은 지점들은 눈여겨
볼 필요가 있다.

o 말을 듣는 태도

대화를 나눌 때 그가 듣는 모습은 어떠한가? 리액
션은? 내 말을 끝까지 들어주는지, 중간에 끊으며
자기 할 말을 하는지, 나와 눈을 맞추는지 등을 살
펴볼 필요가 있다.

대화를 하다 보면 상대와 동시에 말이 나와 대화의
흐름이 끊기는 경우가 있다. 이때 "먼저 말씀하세
요" 등의 행동으로 상대방의 발언권을 존중해주는
사람은 배려심도 갖췄지만 자기 절제력이 높기 때
문에, 사귈 때에도 상대에게 큰 잘못을 저지르지 않
아서 관계를 오래 이어나갈 수 있는 사람이라고 생
각한다.

말을 많이 하진 않지만 본인의 생각을 잘 정리해서
깔끔하게 말하는 사람이, 많은 말을 하는 사람에 비
해 지루할지는 몰라도 언행에 신중한 사람인 경우
가 많다.

○ 취미의 종류와 그에 대한 소비력

나와 취미가 맞는지, 그 사람이 취미에 너무 몰두해서 내게 소외감을 주지는 않을지, 취미 생활에 나의 경제관과 어긋날 정도의 많은 돈을 쓰지는 않는지는 추후의 관계를 읽는 중요한 지점이다. 취미라는 건 사소할지라도 그 사람의 취향을 나타내는 심플한 척도가 된다. 동시에 나중에 도저히 받아들일 수 없어 다툼이 일어나게 하는 갈등의 씨앗이 되기도 한다.

○ 종업원을 대하는 태도나 운전 습관, 술·담배·게임을 즐기는 정도

아무리 꾸미려 해도 타인을 대할 때 무의식적으로 그 사람의 인성이 드러나는 경우가 있다. 첫 만남에서는 종업원을 대하는 태도에서 그의 인성을 엿볼 수 있다. 은연중에 하대하거나 예의 없이 말하는 등의 행동을 하지는 않는지 살펴보라. 타인을 존중하는 사람은 말도 행동도 함부로 하지 않는다. 이는 운전 습관에서도 비슷하게 드러난다.

술과 담배, 게임도 적당히 즐긴다면 전혀 문제될 게 없지만, 과하다면 결국 내게 상처로 돌아온다. 상대와 함께 술자리를 가져보고 그의 취한 모습을 확인하는 것도 좋은 방법이다. 작은 일에 욱하거나, 욕설을 하는 등 그의 숨은 면모를 발견하게 될 수도 있다.

○ 핸드폰을 들여다보는 정도나 식사하는 속도

아주 급한 일이 있지 않은 이상, 사람을 앞에 두고서 휴대전화만 열심히 들여다보고 있는 사람은 이후에도 나를 찬밥 취급할 가능성이 크다. 이런 행동은 나보다 훨씬 중요하고 흥미로운 게 많다는 반증이므로 앞으로 만나면서도 친구 관계, 개인적인 약속 등으로 스트레스를 안길 것이다.

식사할 때 속도를 맞춰준다면, 그건 의도된 행동일지라도 내게 배려를 보이고자 하는 노력이기도 하다. 최소한 같이 밥을 먹고 있는데, 그 혼자 벌써 다 먹고 멀뚱히 나를 바라보고 있다면, 그 사람은 아니다. 눈치, 센스, 배려의 정도가 중요하다.

○ 자기 자랑을 하는 빈도

첫 만남에서는 나눌 수 있는 대화 소재가 많지 않다. 아무래도 서로 조심스러워서 너무 사적이거나 어떤 주제를 깊게 파고드는 대화는 피하게 되기 마련이다. 그럼에도 눈치 없이 자기 자랑만 끊임없이 늘어놓는 사람이 있다.

과한 액션으로 본인을 포장하거나 부담스러울 정도로 자신감 있는 모습을 보인다면, 그는 오히려 매너 없고 자존감이 낮은 사람일 수 있다. 아무리 조건 좋고 훌륭한 사람일지라도 자만심에 빠져서 자신이 위대하다고 여기는 타입은 가까이할 가치가 없다.

첫 만남은 어찌 보면 '면접'과 같다. 기본적인 예의범절만 잘 지키면 되는데, 이것조차 못한다면 1차 전형 탈락이 당연하다. 세상에는 기본도 못 갖춘 사람이 많고, 그중에는 기본이 뭔지조차 모르는 사람도 있다.

○
너무 작은 일에 의미 부여하고
상처받지 않았으면 한다.
언제나 중요한 건 자기 중심을 잡는 것이다.

'나를 섭섭하게 하는 부분마저도
그 사람의 일부다'라고
생각하면 마음이 편해진다.

애초에 그런 모습이 싫었으면
시작하지 않는 게 답이기도 하다.

표현과 공감 능력,
연락 · 술 · 게임 · 친구 문제는
고칠 수 있는 것처럼 보이지만
타고난 성향에 가깝다.

고쳐 쓰려고 생각하지 말고,
남이 고쳐놓은 사람을 만나라.

어장 치는 그가
나를 좋아하게 만드는 법

진심은 반드시 티가 나게 되어 있다.

적어도 좋아하는 감정이 있다면
"널 좋아해" "너 만나고 싶어" 하고
솔직하게 표현할 줄 아는 사람이 진짜다.

‘어장 관리’하는 사람들은 대부분 본인의 행동을 자기 기준에서 어장 관리라고까지 생각하지 않는다. 이런 사람들은 인간관계에서 ‘모’ 아니면 ‘도’인 성향이 많다. 확실하게 내 기준에 부합하지 않는 사람은 배척한다. 한 예로, 이런 성향의 사람들은 정말 기피하는 스타일의 이성이다 싶으면 아예 관계에서 배제시켜 버린다. 반면 본인의 기준에서 마음에 쏙 들고 놓치고 싶지 않은 상대는 어떻게 해서든 내 사람으로 만들려고 한다.

그런데 본인이 봤을 때 마음에 쏙 들지도 않고 그렇다고 배제하기는 뭐한 경우 어중간한 태도를 취하면서 계속 관계를 유지한다.

이렇게 ‘그냥 둬야겠다’ 싶은 상대에게 어장을 치는 것이다.

그렇기 때문에 어장 치는 사람에게는 애매한 태도를 보이는 습관이 몸에 배어 있다.

솔직히 이야기하자면 가까이할 스타일은 아니다.

그럼에도 적당히 다정하면서 선을 넘지 않는 이런 사람이 매력적으로 보이는 것도 사실이기 때문에, 쟁취하려면 나 또한 비슷한 방식으로 행동하는 것도 한 방법이다. 그러니까 스스로 이런 입장을 견지하는 편이 좋다.

'너뿐만이 아니라 다른 사람들도 다 나한테 호의적으로 대해줘. 그래서 네 행동이 내게 그렇게 특별하게 와닿지는 않아. 넌 내게 지인, 그 이상도 이하도 아니야' 하는 식으로 어필하라는 뜻이다. 만약 그와 반대로 '난 이런 호의는 지금까지 받아본 적이 몇 번 없고 정말 오랜만에 느껴보는 설레는 감정이야'라고 속내를 다 내보인다면 어장 치는 사람들은 가차 없이 떠나버린다는 사실을 깨달아야 한다.

———

핵심은 내가 어장 관리를
당하고 있는 것 같다 싶으면,

그 사람의 성향을 파악하는 게
급선무라는 것이다.

어장의 문제는 연애뿐만 아니라 모든 인간관계에서 존재할
수 있다. 문득 상대의 감정이 어떤지 잘 모르겠고, 호감이
있는 건지 아닌지 헷갈린다 싶을 때면 가장 잘 해결하는 방
법은 초점을 '나'에 두는 게 아니라 '상대의 성향'에 두는 것
이다. 지금 본인이 처한 상황에서 상대가 어떤 생각을 하고
있고 어떤 사람인지 성향을 파악하는 것에서 모든 관계 문
제의 실마리를 찾을 수 있다.

나이 차이가
많이 나는 연애를 하는
당신에게

최소한의 경험은 가지고,
그때가 돼서,

나이 차이가 많이 나는 연애를
해도 늦지 않는다.

나이 차이가 많이 나는 연애를 일반화해서 '절대 나이 차이가 많이 나는 사람과 사귀지 마라'라고 할 마음은 없다. 나 또한 개인적으로 사랑에 나이는 중요치 않다고 믿지만 누가 뭐라 하더라도 남자가 서른 후반이 다 되어가는데, 스무 살 또는 스물한 살 이렇게 어린 여자친구들과 연애하는 건 다시 생각해봤으면 한다.

20대 초중반까지는 본인 나이대에 맞는 연애를 했으면 좋겠다. 서른이 되어서 마흔 살 만나는 걸 뭐라고 하는 게 아니다. 이런 케이스는 말릴 생각이 전혀 없다. 다만, 최소한 20대 초반에는 또래를 만나서 비슷한 정신 연령끼리 그때 상황에 맞는 고민을 하고 처한 문제를 함께 풀어나갔으면 한다. 그렇게 헤쳐나가는 과정에서 더 많은 것을 배우고 사람 보는 눈을 가지게 되어야 비로소 더 좋은 관계를 만들어나갈 수 있으니까 말이다.

한 살이라도 젊었을 때 또래를 만나면서 부딪혀보고 겪어보고 용납할 수 있는 지점과 없는 지점, 고칠 수 있는 점과 없는 점 등등을 느끼고 성숙해져야 되는데, 나이 차이 많이 나는 사람을 만나면 아무것도 겪고 깨닫지 못한 채 KTX 타고 바로 종착지에 도착해버린 것이나 다름없다. 초등학교에서 중학교, 고등학교 건너뛰고 바로 대학교에 입학했다고 생각해보라. 시기마다 경험해야 하고 꼭 알고 넘어가야 할 사항들을 제대로 인지하고 있다고 할 수 있을까? 연애도 마찬가지다. 연애는 비단 연애에서 끝나는 게 아니다. 좋은 연애는 반드시 내 인생에 도움이 되는 자극과 깨달음 하나씩은 남긴다.

함께 성장할 수 있는 수준의 사람을 만나고,
스스로 성숙해질 수 있는 연애를 했으면 한다.

지금 하고 있는 연애에 확고한 소신이 있는 사람은 절대로 "~해도, ~인데 괜찮을까요?" 같은 질문을 하지 않는다. "몇 살 차이인데 괜찮을까요?"라는 질문 자체가 불확실한 마음을 뜻하고, 그 끝은 이별이라 확신한다.

어떤 이의 시선에서는 다소 논란의 소지가 있을 수 있음에도 이렇게까지 확고히 말하는 이유에 대해서도 다시 한 번 헤아려주었으면 좋겠다.

처음 만난
장소가 암시하는 것들

의심되면 사랑하지 마라.

첫 단추를 잘못 꿰면
연애를 할 때도,
하고 나서도 피폐해진다.

모든 관계가 다 그렇진 않겠지만, 헤어지는 상황과 만나면서 다투게 되는 원인들을 보면 거의 첫 만남부터 어긋나 있는 경우가 많다. 어떤 사람과 연애를 하고 나서 헤어질 때 그 사람의 몰랐던 본성을 봤다거나 하는 경우에는, 그 관계를 맨 처음으로 되돌려서 어떻게 만났는지부터 따져보면 거의 결과가 예측 가능하다.

사실 클럽에서 만나 결혼했다는 커플도 굉장히 많다. 그래서 어디서 만났는지는 전혀 중요하지 않다고 많이들 이야기하기도 한다. 사실 완전히 틀린 말은 아니다. 나 또한 연인을 어디서 어떻게 만나든 크게 중요하지 않다고 생각했었으니까. 하지만 그간 수많은 커플을 지켜봐오면서 어디서 어떻게 만났다는 사실들이 관계의 끝을 부르는 결정적인 계기가 되는 걸 너무나 많이 목격했다.

———

어디서 어떻게 그 사람을 만났다는 사실을
주변에 떳떳하게 이야기하기 어렵거나
나 스스로 부끄럽다면,
헤어지지 않고 그 연애를 이어나가기 위해서는
일반적인 경우보다 부단히 노력해야 한다.

그러니까 본인 스스로 그와의 첫 만남 장소가 아무래도 신
경 쓰인다면 지금부터라도 생각을 바로 고쳐야 한다. 상대
방을 만나는 내내 신경이 쓰이는 연애가 될 수도 있으니까.
그게 싫다면 최소한 도저히 아니다 싶은 장소에서는 시작을
하지 말았으면 한다.

○

누군가를 만나면서
지속적으로 신경 쓰이는 문제가 생겼다.

그런데 다른 사람에게
그걸 털어놓을 만큼 반복된다.

그러면 그 인연은 100퍼센트 끝이라고 봐야 한다.

○

초반에는 정말 잘해줬는데
시간이 갈수록 바뀐 사람은 어떻게 해요?

헤어지세요.
그래야 훨씬 더 많은 사람을
만나볼 기회가 생겨요.

관계를
빨리 가지면
마음도 빨리 식을까

관계를 빨리 갖든 늦게 갖든
떠날 사람은 떠난다.

관계를 빨리 가지면 상대의 마음도 쉽게 식을까? 중요한 건 진짜 괜찮은 사람이라면 적어도 관계의 유무에 따라 마음이 식고 말고 하지는 않는다는 사실이다.

물론 상대방이 작정하고 하룻밤을 목적으로 다가왔다면, 그리고 단기간에 목적을 이뤘다면 마음이 빨리 식을 수는 있다. 쉬운 사람이라고 생각해서 볼 때마다 잠자리를 원하고 엔조이로 전향하는 사람들도 있다. 문제는 내가 만난 사람이 이런 사람이냐 하는 것이다.

그렇지 않다면, 일반적으로 관계의 속도와 마음의 속도는 일치하지 않는다. 즉 관계를 빨리 갖든 늦게 갖든 오래 사랑할 사람은 사랑하고, 떠날 사람은 떠난다는 뜻이다. 보편적으로 연애를 하거나 썸을 타거나, 상대와 진지한 관계로 발전하려고 하는 사람들에게 물어보면, 관계를 일찍 가졌다고 해서 이별할 이유는 단 1퍼센트도 없다고 대답한다.

다만 이런 경우는 있다. 관계를 가졌는데, 상대와 내가 여러 가지로 안 맞는다면 앞으로의 관계에 대해 다시 생각해볼 수는 있다. 관계를 가진 이후에 상대방이 과도하게 집착을 한다거나 관계에 연연한다거나 하는 태도를 보인다면 부담스러워서 마음이 식을 수도 있다.

여러 가지 상황과 이유가 있겠지만 관계를 가지고 나서 상대방에 대해 어떻게 느끼느냐에 따라, 사이가 더 두터워지고 애정이 깊어지느냐 아니면 마음이 급속도로 식느냐로 갈린다. 단지 이 사람이 내게 큰 잘못을 해서 그게 싫은 게 아니라, 뭔가 말로 표현할 수 없는 느낌이 안 맞기 때문일 수도 있는 것이다.

———

최소한 스킨십을 하기 전에,
상대방이 스킨십을 위해서
온갖 사랑발림을 하고 연기를 하는 것은 아닌지
구분할 수 있어야 한다.

그리고 관계 여부로 마음이 식는다는 건 그 자체로 그가 쓰레기라는 뜻이니 그런 사람은 배제했으면 한다. 정상적인 사고를 가진 사람에게 성관계는 복잡한 인간관계 중 한 요소일 뿐이지 전부는 아니다.

반대로 '괜히 빨리 관계를 가져서 그가 떠나버리면 어쩌지' 하고 고민하고 자괴감에 빠지는 편이 더 큰 문제라고 생각한다. 사랑이 깊어진 후에 관계를 갖는 게 이상적이지만, 호감으로 초반에 관계를 가졌다 해도 앞으로 서로 알아갈 게 더 많으니 서먹하던 사이가 빨리 가까워질 수도 있다.

만약 그가 관계 후에 떠났더라도 너무 큰 의미는 두지 않았으면 좋겠다. 그 이유가 아니더라도 그는 어차피 떠날 사람이었다.

사귀기 전에 잘 맞을지 알 수 있는 방법

사귀는 관계에서 모든 요소가
다 맞아떨어질 수는 없다.

다만 본인만 마음이 앞서서 직진 돌격한다면
관계를 맺을 때도 상대에 대한 배려가
부족할 가능성이 높다.

　　　　　"스킨십 없는 연애는 못 볼 꼴 보기 전에 빨리 끝내세요."

어느 TV 프로그램에서 방송인 한혜진이 한 말이다. 이처럼 중요하다면 중요하고, 본인이 별로 개의치 않는다면 그다지 문제시되지 않는 게 스킨십 문제다. 그러나 많은 경우, 오랜 시간 만나고 신뢰를 쌓으며 진지한 사이가 되었는데 막상 관계를 가진 후에 '이게 아니다' 싶으면 스킨십 트러블은 서로에게 고통이 된다.

상대와 관계를 가져보기 전에 서로 잘 맞을지 알 수 있는 방법, 뭐가 있을까? 여러 가지 속설이 있지만, 굳이 그런 걸 언급하지는 않겠다. 다만 두 사람이 만날 때의 '느낌'이 많은 것을 좌우한다고 생각한다. 느낌, 즉 오감에서도 시각, 청각, 후각, 촉각이 어떻게 반응하느냐에 따라서 몸의 궁합도 예측 가능하다고 본다.

선천적으로 주어진 신체 조건과 같은 요소들은 어쩔 수 없다 치더라도, 상대방과의 느낌을 파악하기에 가장 좋은 방법은 키스가 아닐까 싶다. 스킨십 중에는 손을 잡는 것이나, 포옹, 입맞춤 등 여러 가지가 있지만 이런 제스처로는 대략적인 감 정도는 잡을 수 있더라도 상대가 세세하게 느끼는 감정들을 고스란히 전달받기는 어렵다. 그러기에는 너무 찰나에 끝나고 마니까. 다만 키스는 신체의 점막과 직접 닿는 스킨십이고 더 긴 시간 동안 나누는 것이다 보니 좀 더 깊고 다양한 느낌을 받을 수 있다.

키스를 하는 동안 그 사람의 향기도 맡을 수 있고, 촉감도 느낄 수 있는 등 오감 중에서도 충족될 수 있는 것들이 많다. 또한 키스에 이르기까지의 과정도 은유하는 바가 크다. 어느 정도 분위기가 무르익고 서로 동의하에 시작하는 게 아니라, 본인만 마음이 앞서서 직진 돌격한다면 관계를 맺을 때도 상대에 대한 배려가 부족할 가능성이 높다.

만약 키스를 하면서 서로 전율이랄까, 극적인 흥분과 쾌락을 동시에 느꼈다면 관계를 맺을 때도 그 흥분도가 그대로 이어질 것이다. 반대로 키스를 했는데 별 느낌도 없고, 둘 중 한 사람만 흥분한다면 그건 문제가 있다. 서로 흥분의 합이 맞춰지지 않은 상태에서 갖는 관계는 당연히 안 맞을 수밖에 없다.

사귀는 관계에서 모든 요소가 다 맞아떨어질 수는 없다. 키스가 잘 맞는다고 해서 모든 스킨십이 잘 맞는 것도 아니다. 하지만 한 가지 확실한 것은 키스가 잘 맞는데 다른 스킨십이 안 맞는 경우는 있어도, 키스가 안 맞는데 다른 스킨십이 잘 맞는 경우는 거의 없다는 사실이다.

절대 상대방이
당신을 서운하게 만드는 것이

아니다

감정에 연연하지 말고
맺고 끊음 확실하게.

가볍게 가볍게,
사람을 만날 수 있는 능력부터 키워라.

진지하게 사귀다 보면 상대방에게 서운한 일이 반드시 생긴다. 상대의 말투나 행동이 처음과는 다르다는 걸 느꼈을 때, 본인의 사생활은 존중받길 원하고 나에 대한 배려는 뒷전일 때, 본인이 하는 행동은 정당하고 내가 하는 행동은 이기심이고 집착이라고 취급할 때, 친구들과 만날 때 연락하는 패턴이나 그에 따른 습관들 등 나와 상대가 비슷하면 편하겠지만 나와 달라서 버거운 부분이 생기게 마련이다. 이런 서운한 감정이 쌓이면 서로 지치게 된다.

상대에게 솔직하게 서운함을 털어놓기 전에 되짚어볼 사항이 있다. 지금 상대가 자주 연락할 수 있고 내게 끊임없이 애정을 쏟을 수 있는 상황인가? 혹시 심리적으로나 시간적으로 급박하게 몰려 있거나 처리해야 할 다른 일이 있지는 않은가?

항상 나를 최우선 순위에 둘 수 있다면 좋겠지만, 사랑을 비롯한 모든 감정은 해달란다고 다 해줄 수는 없는 것이기도 하다.

그를 닦달하기 전에 그가 얼마나 노력하는지를 먼저 봤으면 한다. 그 나름대로 최대한 맞춰주고 있다고 생각하는데, 내가 만족하지 못하고 계속 닦달을 하고 몰아세운다면 상대방은 처음에는 맞춰주려고 하다가도 결국엔 포기하고 말 수도 있다.

그렇다고 상대의 서운한 행동을 마냥 인내하고, 상대가 바쁘면 그럴 수도 있으니 무조건 참으라는 게 아니다. 다만 지금 상대의 잘못이 과연 객관적으로 비난받아야 할 잘못인지를 스스로 따져볼 필요가 있다는 것이다. 감정적으로 화내거나, 막말하거나, 오랫동안 토라져 있기 전에 잘못의 경중을 한번 따져봤으면 좋겠다.

만약 잘못이 크지 않은데 그에게 서운함을 느끼고 있다면 내가 필요 이상으로 상대방에게 의존하는 경우일 수도 있다. 이건 본인에게 결코 좋지 않다. 서운한 느낌을 받지 않게끔 알아서 행동하는 사람이 굉장히 많은데 굳이 안 느껴야 할 감정으로 고통받을 필요는 없기 때문이다.

누군가와 관계를 맺으며
서운한 감정을 느낀다면,

많은 경우 그 서운함은
상대방이 내게 준 게 아닐 때가 많다.

어쩌면 스스로 자처해서 그 감정을
만들어내고 있는 건 아닐까.

상대방이 원인을 제공하는 건 맞지만 그게 본인이 서운함
을 느낄 정도인지 아닌지를 따져보면 스스로 자처해서 생
산해내는 경우가 많다. 상대방이 의도적으로 하는 행동들
이 아니라면, 본인의 섭섭한 감정 때문에 스스로 괴롭다면
두 가지 이유에서 지금 잘못된 관계를 맺고 있는 거라 볼
수 있다.

첫째, 만약 상대방이 큰 잘못을 해서 본인은 서운함을 느끼고 있다면 그 자체로 매우 잘못된 연애라고 할 수 있다. 내게 번번이 잘못을 하는 사람을 계속 만나야 할까?

둘째, 본인 스스로 너무 상대에게 의존하거나 아니면 본인이 상대를 좋아하는 마음이 필요 이상으로 과해져서 서운함을 느낀다면 해결의 열쇠는 내게 있다.

너무 작은 일에 의미부여하고 상처받지 않았으면 한다. 언제나 중요한 건 자기중심을 잡는 것이다. '나를 섭섭하게 하는 부분마저도 그 사람의 일부다'라고 생각하면 마음이 편해진다. 애초에 그런 모습이 싫었으면 안 만나는 게 답이기도 하다. 모든 연애의 문제는 자기 자신에게서 답을 찾으면 된다. 그 사람이 서운하게 한다고 해서 이토록 불안해야만 할 정도로 나 자신이 가치 없는 사람은 아니다. 그런 걸로 떠날 사람이면 애초에 인연이 아닌 것이다. 힘들게 유지해야만 할 관계이고, 결국 나한테 해가 되는 관계일 수 있다.

상대에게 집중했던 시간을 조금 줄이고 본인에게 집중하는 시간을 늘려보자. 원래 연애는 혼자 있어도 외롭지 않고 행복을 느끼며 마음에 여유가 있을 때 해야 본인과 상대 둘 다

지치지 않고 오랫동안 마음을 나눌 수 있다. 단지 외로워서 그 외로움을 해소하기 위한 방편의 관계는 본인과 상대 둘 다 지치고 힘들게 만들기 때문에 자신을 돌아보고 본인이 먼저 행복해질 수 있도록 행동해야 한다.

잊지 말자. 내가 있어서 그 사람이 있는 거지, 그 사람이 내 존재의 이유는 아니다.

사랑하는데 외롭고

헤어지기는 두렵다면:

이별과 재회,
엇갈린 마음에
좋은 안녕을
고하는 법

상대방에게서
자꾸 '촉'이 온다면

잦은 불길한 예감은
이미 관계의 균열을 내포한다.

이 사람은 아닌 것 같다 싶다면
칼같이 끊어내라.
그런 연습부터 해야 한다.

"촉 진짜 무시 못 해요. 어느 순간 갑자기 불안하고 뭔가 쎄-하고 며칠 내로 일 터지겠구나, 이제 진짜 끝나겠구나, 싶으면 얼마 후에 바로 이별하더라고요. 그 촉이 사실이 아닐 거라고 애써 부정하고 숨겨오고 참았더니 항상 제가 먼저 차였어요. 그게 제일 한심했고 후회되는 짓들 중 하나죠."

이처럼 순탄하게 만나오다가도 상대가 이전과 다른 행동을 연이어 하고, 말의 앞뒤가 맞지 않는 일들이 반복된다면 불길한 예감이 든다. 이른바 연애의 '촉'이 바짝 서는 것이다. 이렇게 찾아오는 촉은 거의 다 맞는다고 보면 된다.

본인의 집착이 심한 편이라든가 스스로 의심을 키우는 성향의 사람이 아닌데 어느 날 갑자기 촉이 온다면, 그 촉은 90퍼센트 이상의 확률로 맞는다고 생각한다.

만약 그 촉 자체가 어쩌다 한 번씩 오는 거라면, '내가 잘못 생각하는 건가' 하고 여길 수도 있겠다. 하지만 그러한 촉이 자주 찾아온다면 맞을 확률은 90퍼센트를 넘어서 100퍼센트가 된다. 이처럼 좋은 예감은 틀리고, 안 좋은 촉은 기가 막히게 맞는 이유는 '근거가 있는 직감'이기 때문이다.

반복되는 거짓말, 흔들리는 동공, 당황하는 말투, 바빠지는 스케줄, 무의미한 데이트, 수많은 주변인과 각종 모임… 등 여러 근거가 자꾸만 보이면 상대를 믿으려 해도 믿을 수가 없다. 그런데 이런 촉이 찾아오게끔 행동하는 상대라면 굳이 만남을 이어가야 할까?

평소에 날 불안하지 않게 해주는 사람, 당장 곁에 없어도 내 마음 편하게 해주는 사람을 만나기에도 부족한 시간인데, 의심 들게 하는 사람, 애매하게 행동해서 의미 부여하게 만드는 사람, 이러는 나를 자책하게 하는 사람을 왜 만나야 할까? 촉이 자꾸 오게 만드는 사람은 그 자체로 만날 가치가 없다. 그 사람이 취하는 행동의 진짜 의미도 '보이는 그대로'라고 생각해야 한다.

촉이 온다는 것 자체가
내 마음이 불편하다는 증거다.
내 마음을 편하게 해주지 않는
상대를 굳이 만날 필요는 없다.

내 촉이 틀렸을 수도 있고 잘못됐을 수도 있다. 그 사람이
정말 잘못을 해서 촉이 온 것일 수도 있다. 하지만 그게 중
요한 건 아니다. 그냥 촉이 온다는 것 자체가 잘못되었다.
잦은 불길한 예감은 이미 관계의 균열을 내포한다. 썩은 동
아줄을 꼭 잡고 있으면 황금 동아줄을 잡을 수가 없다. 본인
이 스트레스 받고 있다는 사실 자체가 이미 좋은 인연은 아
니라는 뜻이다.

잦은 트러블로
지쳐버린 당신에게

다툼이 시작될 것 같을 때,
또다시 감정이 울컥 치밀어오를 때,

화를 내기 전에 잠깐 멈춰서
무엇 때문에 마음이 불편한지
스스로 짚어보는 여유도 필요하다.

문제의 본질을 명확하게 볼 수 있다면
다툼은 시작조차 되지 않는다.

요즘 들어 자주 다투고 트러블이 생긴다면? 상대를 바꾸려고 하기 전에 나부터 변하고 깨달아야 한다.

트러블은 상대방을 내 기준에 맞추려고 하기 때문에 발생한다. 하지만 결코 타인은 타인을 바꾸지 못한다. 타인 덕분에 내가 나를 스스로 바꿀 수 있을 뿐이다.

내가 어떠한 문제로 상대방과 아무리 다투고 바꾸려 애쓴다 해도 상대방이 본인 스스로 잘못을 인정하고 노력하지 않는 이상, 아무것도 바뀌지 않는다. 그러므로 다투는 과정에서도 '나는 잘못을 인지할 기회를 줄 뿐이고, 그 기회를 잡는 것은 너의 몫이며, 그 기회를 놓치는 것도 너의 몫일 뿐이다'라는 자세를 갖는 것이 중요하다. 또한 상대에게 무언가를 요구할 때는 나 역시 상대를 위해 변화할 수 있을 만큼의 각오가 되어 있어야 한다.

다툼이 시작될 것 같을 때, 잠깐 멈춰서 무엇 때문에 다툴 것 같은지를 스스로 생각하는 여유도 필요하다. 감정이 불같이 고조되기 전에 한 템포 멈춰 서서 제3자의 입장이 되어 문제의 본질을 곱씹어보자. 그러면 다툼은 시작조차 되지 않는다.

만약 다투게 되더라도 그 순간에 모든 문제를 다 해결하려 들지 않는 편이 좋다. 남녀 간의 어떤 문제도 그 짧은 순간에 화가 풀리고 해결되는 것은 없다. 분을 삭이고, 서로 이성적으로 말이 통할 때 무엇 때문에 다투게 되었는지 대화하도록 하자. 행복하기에도 아까운 시간을 트러블 때문에 감정 상하면서 보낼 이유는 없지 않은가.

그렇게 내가 이해하고 노력했는데도
잦은 다툼이 발생한다면
그 사람은 나로 인해서 변할 생각이 없는 사람이다.

이게 가장 명쾌한 해석이다. 나로 인해서 그 사람이 변할 여지가 있고 용기가 있는 사람이었다면 애초에 그렇게 싸울 일조차 만들지 않았을 것이다. 그럼에도 계속 트러블이 생기게끔 행동하고, 나를 불편하게 하고, 마음 상하게 하는 일을 반복한다는 사실은 상대방이 나를 중요하게 여기지 않거나, 나에게 잘해주고 싶지 않거나, 본인 스스로 잘못을 깨닫지 못했음을 뜻한다. 즉 내게 좋은 사람이 아니라는 말이다. 그러니까 싸우고 화해하는 일들이 자주 반복되는 상황 자체가 틀렸다고 확실하게 말할 수 있다. 자주 싸우는 것은 이미 잘못된 관계라는 신호다. 연애를 잘못하고 있다는 증표다. 대부분의 행복한 커플은 싸울 일 자체가 그다지 많지 않다.

밀당은 위기가 닥쳤을 때 하는 것이다

밀당은 심폐 소생술과 같다.

하지만 그 자극이 잦아질수록
관계는 돌이킬 수 없을 만큼 부서질 뿐이다.

적절한 타이밍과 적절한 방법,
이것이 전부다.

"언제 밀당을 하는 게 가장 좋을까요? 밀당을 꼭 해야 할까요?" 이런 질문을 정말 많이 받았는데, 한 가지 강조하자면 '밀당, 즉 밀고 당기기라는 건 꼭 해야 된다, 안 해도 된다' 하는 공식은 없다는 것이다.

대부분 누군가 좋아하는 사람이 생겼거나 관계 초반일수록 밀고 당기기를 하려고 한다. 하지만 이건 정말 잘못된 생각 이다.

———

밀당은 관계 초반이 아니라,
관계 중반에 위기가 닥쳤을 때 해야 한다.

이때야말로 나의 매력을 어필할 수 있는
최적의 시기이자,
상대에게 관계의 소중함을
일깨울 수 있는 시기이기 때문이다.

쉽게 설명하면 매일 만나던 곳에서 비슷한 음식을 먹고 별다를 것 없는 대화를 나누는 식으로 똑같은 일상을 보내다 보면 계속 같은 영화를 보는 것처럼 지루해져서 관계에 위기가 올 텐데, 이때야말로 적절한 밀당으로 상대에게 매력을 어필할 수 있는 최적기라는 것이다.

예를 들어, 여성이 남성을 훨씬 더 좋아하는 입장이라고 하자. 남자친구를 너무 좋아하니까 친구도 안 만나고, 다른 사람과의 약속도 안 잡고, 틈이 나면 데이트를 한다. 다른 건 아무것도 안 하고 연인이 없으면 못 사는 그런 일상을 보내다가, 주말에 남자친구가 '무슨 일이 생겨서 못 보겠다'라고 하면 아무것도 할 게 없는 그런 상황에 처하는 연애를 하는 사람이 정말 많다. 그런데 이렇게 되면 상대방은 권태를 느낄 수밖에 없게 된다.

이 시기에 할 수 있는 밀당은 뭘까? 늘 대기조처럼 기다려주던 여자친구가 갑자기 친구를 만나겠다고 데이트를 미루거나, 내게만 관심 있던 사람이 휴대전화를 자주 본다거나 하는 모습들을 봤을 때 상대방은 멈칫하게 된다. '뭐지? 이 사람이 왜 갑자기 안 하던 행동을 하지? 주말엔 항상 보자고 하더니 왜 갑자기 친구를 만난다고 하지?' 하는 생각을 하게 되는 것이다.

이런 밀당이 한두 번 반복되면—만약 매번 그런다면 상대의 기분을 나쁘게 할 수 있겠지만—자신의 새로운 매력을 느끼게 하는 방책이 된다. 지금까지와는 다른 관계의 패턴에 우선 '왜 이러지?' 하는 감정이 들고 연이어 상대의 내면에 위기감과 경계 태세가 일어날 수 있다. 놓치지 않으려면 더 잘해줘야겠다는 감정을 불러일으킨다. 그렇기 때문에 밀당은 관계 전선에 위기가 왔을 때 비로소 시도할 가치가 있는 것이다.

다만 밀당을 할 때는 최소한의 예의는 지켜야 한다. 밀당을 하라고 해서 관계를 해칠 만큼 선 넘는 행동을 해도 된다는 의미는 아니다.

○

사람을 바꾸려고 하지 말 것.

어차피 바뀌지 않는다.

절대로.

'바뀌겠지 바뀌겠지' 하면서

6개월, 1년 만나다 보면 나만 더 힘들어질 뿐이다.

괜한 희망으로 시간 낭비하지 마라.

평소에 날 불안하지 않게 해주는 사람,
당장 곁에 없어도 내 마음 편하게 해주는 사람을
만나기도 부족한 시간인데,

의심 들게 만드는 사람,
애매하게 행동해서 의미 부여하게 만드는 사람,
이러는 나를 자책하게 하는 사람을
굳이 왜 만나야 할까?

촉이 자꾸 오게 만드는 사람은
그 자체로 만날 가치가 없다.

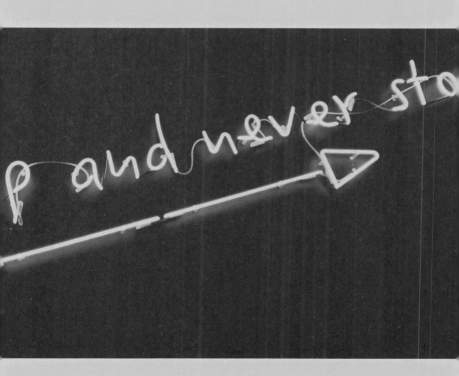

나를 더 이상
사랑하지 않는다는
신호

단 한 번이라도 사랑을 받아본 사람은
진짜 사랑이 무엇인지 확실하게 알 수 있다.

이 사람이 나와 맞는 걸까,
왜 연락을 하지 않을까,
계속 만나도 괜찮을까,

불안하고 의심되는 마음은
지금 이 순간 무언가 잘못되어 가고 있다는
위험 신호다.

"헤어진 남자친구랑 어쩔 수 없이 한 번씩 마주
치는데, 사귈 때만큼은 아니라도 가벼운 스킨십도 하고 장
난도 치고, 착각하게 만드는데 이건 뭘까요?"
이별 후에 애매한 행동을 하며 재회에 대한 희망을 갖게 만
드는 사람이 있다. 또 사귀는 중에도 '나를 정말 사랑하는
게 맞나?' 하는 의문을 갖게 하는 사람이 있다. 무엇보다 이
런 행동에 마음이 흔들려서는 안 되는 걸 알면서도 스스로
희망 고문하는 사람도 있다. 나는 어느 쪽에 속하는가?
정작 지금 그가 하는 행동들은 착각하게 만들어야겠다는 마
음으로 의도적으로 작정하고 하는 게 아니다. 그 사람은 원
래 천성이 그런 건데 나 혼자 '이건 뭐지? 나를 사랑하는 건
가?' 하는 착각의 늪에 빠져 있는 것이다.

늦은 항상 상대방이 아니라
본인 스스로 파는 경우가 많고,
사랑을 혼자서만 할 때
가장 무서운 게 착각이다.

만약 헤어질 때 애틋한 감정이 쌓여 있었다면, 다시 만났을 때 서먹서먹해서 얼굴을 피하게 되거나 섣불리 말을 건넬 수 없다. 그런데 어떻게 장난을 치고, 가벼운 스킨십을 할 수 있겠는가? 전 남자친구는 지금 자신의 행동으로 당신에게 어떤 영향을 줄 것인지 조금도 의식하지 않고 있다. '내가 이렇게 행동하면 이 친구가 마음 상할 수 있을 텐데 조심해야겠구나.' 이런 의식조차 없는 상태라는 것이다.

한편으로 이렇게 생각하고 있을 수도 있다.

'사귀는 사이까지는 아니라도 친구로는 지낼 수 있지 않나?'

하지만 거듭 강조하건대, 남자는 정말 사랑하면 헷갈리게 행동하지 않는다. 그리고 사랑하는 사람과 쉽사리 친구로 지내야겠다 같은 생각은 하지 않고, 할 수도 없다.

사람의 심리란, 사랑에 있어서는 단순해서 정말 사랑하는 사람이라면 아무리 바쁜 순간에도 짬을 내어 그 사람과 1초라도 닿고 싶어 한다. 그가 전화하지 않는다면 그건 당신을 생각하고 있지 않기 때문이다. 그가 전화하지 않아서 애태우고 있거나, 바쁘고 피곤하다는 이유로 데이트 약속을 잡지 않거나, 연락이 뜸하다면, 무엇보다 이런 이유로 인해 불안하게 하루하루를 보내며 자꾸만 혼자만의 착각에 빠지게 만든다면, 인정해야 할 때다. 그는 더 이상 당신을 사랑하지 않는다.

———

남자는 복잡하지 않다.

만나기 싫어서다.

함께하기 싫어서다.

당신을 더 이상 사랑하지 않기 때문이다.

단언컨대
당신은
그를 바꿀 수 없다

그를 바꾸려고 애쓰지 마라,
어차피 못 바꾸니까.

감정과 시간을 낭비하지 마라.
당신의 인생을 위해서.

지금 내가 연애를 제대로 하고 있는지 의문이 든다면, 가장 좋은 방법은 스스로 인생을 돌아보는 것이다. 내가 잘못된 연애를 하고 있다면 주변의 모든 상황에서 위험 신호가 포착된다. 연애뿐만 아니라 일과 가족관계, 혹은 주변 인간관계에서 문제가 발생하고 자꾸만 일이 꼬이기 시작한다. 물론 일의 결과는 내 능력에 따라 좌우되기도 하고, 스스로 얼마나 관심을 기울이며 관리하느냐에 따라 인간관계도 달라질 수 있다. 하지만 대략적으로 살펴봤을 때, 외부 요인이 아니라 연애를 하면서 그 영향으로 일이나 가족, 인간관계 등에 문제가 생기고 스스로 힘들어지는 것이라면 지금 하고 있는 연애에 대해 진지하게 고민해볼 필요가 있다.

이 연애가 과연
내게 도움이 되는가?

사랑에 빠져 있을 때는 연애가 내게 미치는 악영향에 대해
부정하거나 자각하지 못하게 된다. 상대를 잘못 만나면 자
기 자신을 보잘것없이 여기게 되고 인생의 밑바닥까지 떨어
지기도 한다. 하지만 좋은 사람을 만났을 때는 내가 생각했
던 그 이상의 나를 만날 수도 있는 것이 '연애'이다.

그 사람과의 만남, 그 시작부터 중간,
끝까지를 돌이켜봤을 때
어느 시점부터 뭔가 일이 잘 안 풀린다 싶으면
꽤나 높은 확률로 지금 연애를
잘못하고 있는 것이다.

정말 잘 맞는 사람과 연애를 해본 사람은 쉽게 공감할 것이

다. 내게 꼭 맞는 상대와 제대로 연애할 때는 신기할 정도로 일이 잘 풀린다. 연애 때문에 힘든 일도 없고, 자존감도 올라가며, 떨어져 있어도 떠올리면 행복해지는 사람이 있으니 하루하루 힘내서 열심히 살아갈 수 있다.

'주변의 연애를 안 하고 있는 사람들도 행복해 보이는데 왜 나는 저렇게 웃지 못할까?' '연애를 하고 있는데 왜 내가 더 불행할까?'라는 생각이 든다면 더 이상 감정과 시간을 낭비하지 마라. 당신의 인생을 위해서.

상처는
계속된다,
깨닫지 않으면

초반에 정말 잘해줬는데,
시간이 지날수록 바뀌어가는
그를 받아주지 마라.

훨씬 더 좋은 사람을 만나볼 기회를
포기할 것인가,
그에게 희망 고문 당하면서 앞으로도
상처받을 것인가.

어떠한 인간관계를 맺든지 상대에게 이용당하지 않으려면 자신만의 분명한 가치관과 기준이 있어야 한다. 그저 '괜찮은 사람 같아 보인다' 같은 어중간한 기준으로는 상대에게 끌려가는 관계 속에서 이용당하기 쉽기 때문이다.

먼저 사랑하고 상처받지 않는 방법은 이것만 잊지 않으면 된다. 남자는 정말 좋아하는 사람 앞에서는 오히려 위축되고 행동 하나하나가 다 조심스러워진다. 반면에 자신의 이상에 그다지 부합하지 않는 여성한테는 오히려 더 적극적으로 과감하게 다가간다.

그런데 대부분의 여성은 이 사실을 반대로 생각한다. 남자가 그렇게 적극적으로 다가갈 수 있는 이유는 딱 한 가지다.

내가 이 사람한테는 그래도 될 것 같으니까. 특히 연애 초기에는 상대방을 잘 모를 수밖에 없어서 쉽게 휘둘리는 경우가 많다. 제3자가 보기에는 연락의 빈도나 하다못해 문자 메시지의 내용만 봐도 그 남자가 얼마나 성의를 보이고 있는지가 보이는데, 막상 사귀는 당사자에게는 남자의 본질이 명확하게 보이지 않는 것이다. 그를 사랑할수록, 내가 보낸 메시지에 대한 대답이 단문인지 아니면 장문인지, 성의가 있는지 없는지, 또 연락은 얼마나 자주 먼저 하는지를 냉정히 따져봐야 한다.

그럼에도 불구하고 상대에게 휘둘리는 사람들은 왜 그럴까? 그 상대방이 "내가 원래 성격이 좀 그래서" "내가 원래 먼저 연락하는 걸 잘 못해서"라고 대답하면 스스로 합리화하며 이렇게 대답하고 마는 것이다.

"그럴 수도 있죠. 원래 성격이 그렇구나…."

상대방이 무슨 말을 해도 내게 어떤 행동을 해도 다 용인하는 것이다. 왜? 나는 이 사람을 만난 지 얼마 안 됐고 아는 것도 많이 없으니까 상대방이 말하는 모든 것들을 그냥 진실이라고 받아들이고 만다. 오히려 사귀는 관계가 아닌 누군가가 내게 이렇게 대할 때면, 제일 먼저 '날 그 정도까지 좋아하지 않는구나' 하는 생각이 들 텐데도 말이다.

상대방을 보고 처음으로 떠올린 딱 그 감정,
그게 그 사람 그 자체다.
그러니까 스스로 합리화하지 말자.
거기서부터 이용당하기 시작하는 거니까.

또 하나의 중요한 포인트는 '스킨십'이다. 남자는 누군가가
정말 마음에 들고 이 사람이 아니면 안 될 것 같다고 여겨진
다면 단기간에 선뜻 적극적으로 스킨십을 시도하지 않는다.
조심스럽게 시간을 두고 기다리고, 지켜준다.
'나를 너무 안 건드려서 답답해 죽을 것 같다.' 여자로 하여
금 이런 감정을 느끼게 하는 그 남자가 진짜 본인을 좋아하
는데 어쩔 줄 몰라서 기다리는 남자다.
최소한 스킨십에 있어서만큼은 안달 나게 하는 남자, 그런
사람이 나를 아껴주고 진심으로 좋아해주는 사람이다.

이별의 상처를 잘 극복하는 사람들은
옛 연인이 절대 돌아오지 않는다는 사실부터
스스로 인정하고 본인의 생활을 열심히 살아나간다.

한번도 상처받지 않은 것처럼 사랑하고,
이별 후에는 오늘이 마지막인 것처럼
최선을 다해 살아나간다.

이렇게 해내지 못한다면
굉장히 길게 아플 수밖에 없다.

○

재회에 마음 쓸 시간에
다른 사람 한두 명 더 만나봤으면 좋겠다.

분명히 내 인생에 뼈저리게 도움되는 지점이
엄청나게 많을 것이다.

이전에 만났던 그 사람보다
더 배울 점이 있는 사람들이
세상엔 굉장히 많다.

재회한 사람과는
무조건 헤어지게
되어 있다

연락, 친구들, 술⋯
이런 것들로 1퍼센트도 걱정시키지 않는
사람이 반드시 나타난다.

서로 상대방을 감쌀 수 있는 그릇이 되었을 때,
그때 비로소 진짜 연애가 시작된다.

〈아름다운 이별〉이라는 노래가 있다. 과연 아름다운 이별이 가능할까? 이별 자체가 아름답기는 힘들다. 그렇지만 굳이 더럽고 추악하게 끝낼 필요도 없다. "사랑은 비극이어라, 그대는 내가 아니다"라는 노래 가사처럼 모든 이별에는 먼저 고하는 쪽이 있고, 받아들일 수밖에 없는 쪽이 있기에 대개 일방적인 비극이 된다. 그렇기에 아름다운 이별을 위해 노력하고, 이별을 받아들이려 노력하는 자세는 혹시나 상처받을지 모를 나를 위해 필요하다.

상대가 먼저 헤어지자는 건 이미 지칠 대로 지쳐서 나를 놓고 싶거나, 내가 더 이상 마음에 없다는 의미다. 상대가 헤어지자고 할 때, 어떤 선택을 해야 할까?

이별은 그 사람이 이제 누구를 만나든 내 마음에 전혀 아쉬움이 없고 거리낌이 없을 때 해야 한다. 아쉽고, 안타깝고, 그 사람이 나만 만났으면 좋겠고… 이런 마음이 없어야 한다. 만약 아직 헤어질 수 없다는 생각이 든다면, 자존심을 접고서라도 그 사람을 만나야겠다면 진심을 그에게 고백해야 할 때다. 그럼에도 상대가 심경에 변화를 보이지 않는다면 그는 이렇게 생각하고 있다는 뜻이다.

———

'나는 이 사람과 헤어지고
이제 다른 사람을 만나고 싶다.
이 사람이 다른 사람을 만난다 해도
아무런 상관이 없다.'

이런 상황에서는 이별을 받아들이는 것 말고는 답이 없다. 정말 나를 사랑하는 사람은 한 번의 붙잡음에 그대로 머물러준다. 몇 번을 설득하고 내가 구걸하는 것 같은데도 상대의 마음이 변함없고 찝찝한 관계라면 여기서 정리해야지 더 가봐야 진흙탕일 뿐이다. 이쯤에서 깔끔하게 자신의 감정을 정리해야 한다.

헤어지고 얼마 지나지 않았을 때는 진짜 이 사람 아니면 안 될 것 같고, 이 사람 외에 나를 사랑해줄 사람이 없을 것만 같은 기분이 들 수 있다. 혼자 집에서 마음고생하며 '혹시 환승을 한 건 아닐까? 새로운 사람 만나나?' 하는 생각으로 스트레스 받고 스스로 괴롭히는 시간들을 보내게 될 수도 있다. 헤어진 사람이 신경 쓰이는 건 인간이라면 무척이나 자연스러운 감정이다.

그러나 당신은 이미 상대의 안중에도 없다. '아웃 오브 안중'이라는 말처럼 이미 그는 당신을 생각하지 않고, 사랑하지 않는다. 힘든 시간을 보내고 있어봤자, 남 좋은 일만 될 뿐이다. 이제 정신 차리고 새 연애를 시작할 시간이다.

상대방의 마음은 나와 다르다. 그러니까 헤어지자고 한 것이다. 사랑하는 마음이 남아 있고, 내 연인이 다른 사람 만나는 게 신경 쓰였으면 절대 쉽게 이별을 말할 수 없다. 정말 싫은 일이 있었더라도, 차라리 그냥 내 옆에 두고 같이 잘 얘기하면서 풀어봐야지 했을 것이다.

이제는 머릿속에서, 마음에서 그 사람을 보낼 시간이다. 스스로 자신을 지켜야 한다. 연애하기 싫다면 일을 더 열심히 하거나 운동을 시작하고, 서점에 나가서 마음에 드는 책도 찾아 읽어보면서 자기 계발하는 시간을 가졌으면 한다. 그렇게 시간을 보내면서 자신의 마음에 귀 기울여봤을 때 아픈 감정이 조금 사그라들었다 싶으면 지난 연애의 시작부터 끝까지를 객관적으로 복기해보자. '나는 이랬는데, 그 사람은 이런 기분이었을 수도 있겠구나' 하면서 서로 달랐음을 인정하고 지금 당장은 내 마음이 아프지만 앞으로 어떻게 해나가야 할지 스스로 판단해야 한다. 그 사람과 끝났다고 해서 내 인생이, 나의 모든 연애가 끝난 것은 아니지 않은가? 이제는 감성보다는 이성에 의지해야 할 때다.

그렇게 6개월, 1년 지나고 보면 자신을 위해 노력한 시간과 이런 일련의 과정들이 내게 귀한 보약이 되어줬음을 알게 될 것이다.

마지막으로 헛된 희망은 버렸으면 하는 마음에서, 소름 돋는 사실을 알리고자 한다. 오랫동안 상담을 해오는 동안 "덕분에 그 사람과 잘 헤어질 수 있었어요. 이제는 마음이 좀

나아졌어요. 감사합니다" 하는 피드백은 정말 많이 받아봤
다. 그런데 단 한 건도 못 받아본 피드백이 있다.

"덕분에 그 사람과 다시 만나게 됐어요. 정말로 그 사람이
돌아왔어요."

왜일까? 재회하는 방법을 안 알려줘서 그런 것일까? 아니
다. 현실적으로 상대가 이별을 통보했을 때, 되돌릴 수 있는
경우는 많지 않다. 그러니까 자신을 위해서 이별을 받아들
여야 한다. 이별을 통보받았을 때는, 헤어지는 거 말고는 답
이 없다.

헤어진 연인을 가장 빠르게 잊을 수 있는 방법

재회를 기대하고
떠난 사람에게 마음 쓸 시간에
다른 사람을 만나라.

지금의 고통이 당신을 강하게 만들 것이다.

사랑하라, 한번도 상처받지 않은 것처럼

살라, 오늘이 마지막 날인 것처럼

〈사랑하라, 한번도 상처받지 않은 것처럼〉이라는 시의 일부분이다. 사랑하는 사람과 헤어진 후에 어떻게 해야 이별의 아픔을 빨리 잊을 수 있을까? 위의 문장들이 그 답이 될 수 있을 것 같다.

단언컨대 재회는 미친 짓이다. 떠난 그 사람은 절대 다시 돌아오지 않을 것이다. 어렵사리 재결합한다 해도, 대부분 또 다른 이별로 이어진다. 그 사실을 먼저 인지하고 있어야 한다. 그래야 이별의 아픔을 극복할 수 있다.

특히 헤어진 지 얼마 안 된 시점이 제일 힘든 시기이다. 헤어지고 시간이 몇 달이라도 흐르고 나면 본능적으로 '이 사람은 더 이상 나한테 마음이 없구나, 내게 돌아오지 않겠구나' 하고 깨닫고 체념할 수 있기 때문이다. 그런데 헤어진 지 얼마 안 되었을 때는 '혹시라도 돌아오지 않을까, 돌아올 수 있지 않을까' 하는 희망 때문에 마음이 새카맣게 탄다. 헤어지기 직전에는 안 좋은 것들만 생각나는데 헤어지고 나면 좋았던 일들이 자꾸 떠오르니까 더 괴롭다.

'아직 헤어진 지 얼마 안 됐으니까 연락을 한번 해볼까? 연락을 하면 다시 내게 오지 않을까? 내가 잘못했다고 얘기하면 되지 않을까?' 지금도 이런 생각이 자꾸 든다면 이제는 단호해져야 한다.

―――――

상대방은 절대 다시 돌아오지 않는다.
이 사실을 받아들이기란 결코 쉽지 않을 것이다.

그러나 이 가슴 아픈 순간을 극대화해
충분히 느끼고 잘 겪어 넘어서야 한다.

그래야 이후에 또 다시 찾아올 아픔들을
조금은 덜 아프게 감당해낼 수 있게 된다.

지금의 고통이 당신을
더 강하게 만들어줄 것이다.

'돌아오겠지, 돌아오게 만들고 싶다'가 아니라 '절대 돌아오지 않을 것이다'라고 생각하면서 마음을 강하게 다잡을 필요가 있다. 한번 강한 타격을 입은 뒤에는 점차 시간이 흐를수록 아픈 감정들이 점차 사그라들 것이다.

이별의 상처를 잘 극복하는 사람들은 옛 연인이 절대 돌아오지 않는다는 사실부터 스스로 인정하고 본인의 생활을 열심히 해나간다. 한번도 상처받지 않은 것처럼 사랑하고, 이별 후에는 오늘이 마지막인 것처럼 최선을 다해 살아나간다. 이렇게 해내지 못한다면 굉장히 길게 아플 수밖에 없다. 결국 헤어지고 힘든 건 상대 때문이 아닌, 그 사람에 대한 미련과 집착을 완전히 놓지 못하는 나 자신 때문이다.

운다고
달라지는 일은
아무것도 없으므로

내가 방에 틀어박혀서 울고 있는 그 시간에
그 사람은 지금 즐겁게
웃고, 떠들고, 즐기고 있다.

괴롭겠지만,
울고 괴로워한다고 해서
달라지는 일은 아무것도 없다.

20대 초반에는 "야, 너 그 사람 만난다며? 그 사람 진짜 예쁘더라, 잘생겼더라, 인기 많더라" 이렇게 내가 만나는 사람이 나의 가치를 높여주는 하나의 요소가 된다. 그런데 시간이 지나고 나이가 들수록 내가 어떤 사람을 만나느냐보다 나 자신이 '어떠한 위치'에 있느냐가 훨씬 더 중요해진다. 내 가치에 대한 판단은 오로지 '내가 어떤 사람이냐'로 갈린다. 내가 누구를 만나든지 그 사람이 어떤 사람인지는 덜 중요해진다. 자신의 입지를 단단하게 다진 뒤에는 상대적으로 주변에 더 좋은 사람이 모이고, 이들과의 관계 속에서 나 또한 좋은 사람을 알아볼 수 있는 안목이 생기기 때문이다. 좋은 사람 만나기를 바라기 전에 내가 먼저 괜찮은 사람이 되어야 한다.

그러니까 지금 만나고 싶은 사람이나 만나고 있는 사람에게 내 인생의 너무 큰 비중을 할애하지 않았으면 좋겠다. 지금 만나고 있는 사람이 중요하지 않아서가 아니라, 그 사람을 사랑하기 위해 나까지 버리면서 올인하지 말라는 것이다. 누군가를 사귀면서 내 인생도 열심히 가꾸어놓아야, 나중에 박탈감을 느끼지 않고 후회하지 않는다.

헤어졌을 때는 괴롭겠지만, 울고 괴로워한다고 해서 달라지는 일은 아무것도 없다. 그러니까 나부터 준비가 된 상태에서 연애를 하는 게 맞지만, 만약 여의치 않다면 연애를 하면서 나까지 버리지는 말라는 당부를 하고 싶다. 현명한 사람들은 연애하는 사이에도, 남 모르게 자신의 역량을 쌓으면서 열심히 살아가고 있다. 이런 상황에서 우물 안 개구리처럼 한순간의 연애 감정에 빠져서 자기 계발은 손 놓고 안주한다면, 나중에 큰코다칠 수 있다.

———

나는 나와 연애한다 생각하고
나도 함께 챙기면서 살아가자.
상대방만 품고 하루하루 살아나가지 말고.

연애도 주변 관계도 다 중요하지만 흔들림 없이, 자신을 잃지 않고 살아나가는 게 가장 중요하다. 당장의 감정에 빠져 있기 전에, 한 번만 더 생각해봤으면 한다.

가장 힘들었던 순간에
깨닫게 된 것들:

5
장

어쩌면

당신

인생을 바꿀

이야기

딱 간절한
그만큼만 당신의 인생이
달라진다

사랑은 배신한다.
하지만 '노력'은 절대 배신하지 않는다.

"연애가 마음대로 안 돼서 힘들어요."

"꼭 합격해야 하는데 공부가 잘 안 돼요. 어쩌죠?"

"이번에도 떨어졌어요. 취업 언제 할 수 있을까요?"

하루에 적게는 몇십 건에서 많게는 몇백 건까지 다양한 고
민 상담 메시지를 받는다. 이렇게 힘든 상황에 처한 사람들
에게, 나는 이렇게 되묻는다.

"그래서 지금 얼마나 간절해요?"

정말 이 일이 아니면 안 될 정도로, 모든 걸 다 포기할 만큼
간절한 마음이 지금 내게는 있는지 생각해봤으면 좋겠다.
무언가를 간절한 마음으로 원하는 순간, 그때부터 인생은
놀랍도록 달라진다.

욕망이 없으면 행동도 일어나지 않는다.

그저 하루하루 안주하며 살게 될 뿐이다.

나 또한 같은 경험을 해봤기 때문에 누구보다 뼈아프게 느낀 사실이다. 그 정도로 간절하게 본인이 하고 싶은 것들을 목표로 잡고 노력하지 않는다면 결코 지금 상황에서 아무것도 좋아지지 않는다.

만일 스스로 판단했을 때 내가 그 정도로 간절하지 않다면 딱 그만큼의 인생만 바라면서 사는 게 마음 편하다. 내가 그 정도로 간절하지도 않으면서 돈도 많이 벌고 싶고, 쉽게 합격하고 싶고, 연애도 잘하고 싶다면 그것은 욕심이고 나에게 일어나지도 않을 일들이다. 하늘은 간절한 마음을 가지고 꼭 해내고자 노력할 때 비로소 달성할 수 있는 능력과 기회를 주는 것 같다.

유튜브를 시작한 뒤로 꽤 오랜 시간 동안 반응이 없어서 마음고생을 많이 했다. 그때는 너무 간절해서 돌아가신 외할머니의 봉안당에 찾아가 '한번만 도와 주세요'라고 외치기도 했다. 딱 한 번만 도와 달라고. 그러고 나서 결심했다.

'이제는 1년이라는 시간도 길다. 진짜 쥐 죽은 듯이 반년만 미친 듯이 유튜브만 해보자.'

그전부터 채널 운영을 하기는 했었지만, 그 시점에야 능력과 기회가 내게 주어진 것 같다. 간절하게 마음먹고 노력한 그 시점부터 이전에는 나를 몰랐던 대중들이 '이 사람 방송은 볼 만한 가치가 있다'라고 판단하기 시작한 것 같고, 구독자 수도 눈에 띄게 늘었다. 영상에 대한 반응도 하루가 다르게 뜨겁게 올라왔다. 정말 간절했던 그 시점부터 사람들이 뭘 원하는지, 어떤 이야기를 궁금해하는지가 눈에 보이기 시작했던 것이다. 그전까지는 어떤 콘텐츠를 해야 할지 솔직히 몰랐었다. 누구나의 삶에서도 간절한 만큼 기적적인 일이 일어날 수 있다고 생각한다. 일이든 사업이든 회사 생활이든 똑같이 어느 정도의 한계점은 있겠지만 지금보다 더 나은 삶을 살 수 있을 거라고 확신한다.

내일의 꿈과 어제의 후회 사이에
오늘의 기회가 있다.

지치고 힘들 때 힘이 되어주는 한마디

아직 아무것도 안 망했다.
아직 하나도 망치지 않았다.

우리 모두에게 인생은 열린 결말이기에
시작은 지금부터다.

마음이 너무 힘들고, 정신없이 바쁠 때는 어떤
조언도 잘 들리지 않고, 마음에 와닿지 않는다. 어쩌면 지금
당신도 그런 순간일지 모르겠다. 하지만 이 말 하나만은 기
억해주었으면 한다.

어떤 힘든 일도
결국에는 다 지나간다.

다만 아무것도 하지 않으면
아무것도 변하지 않는다.

흘러가는 시간이 내 인생을 망치도록 방치할 것인지, 1초라도 나를 발전시키는 데 쓸 것인지는 본인의 의지와 행동에 달려 있다. 사람의 마음이란 연약해서 힘든 일이 생기면 본능적으로 다른 사람에게 위로받고 싶어진다. 나 역시 걱정거리가 생길 때면 친구들을 불러내 고민을 털어놓곤 했다. 하지만 그렇게 한두 번 위로받고 나면, 스스로 극복해야겠다는 의지보다 어떻게 해서든 더 많은 사람에게 위로받고 싶은 마음이 커질 뿐, 나아지는 게 없었다. 주변의 좋은 사람들이 위로는 해주겠지만 그 이상으로 해줄 수 있는 것은 없다. 결국 자기 자신을 도와줄 사람은 나뿐이다.

지금까지는 힘든 일을 겪게 되었을 때 가장 먼저 친구에게 연락했다면, 이제는 바꾸어야 한다. 상황을 극복하기 위해 우선 본인이 할 수 있는 일이 무엇인지부터 찾아보자. 거창한 행동이 아니어도 된다. 아주 사소한 행동이라도 시도한다면 조금이나마 상황은 나아질 것이다. 예를 들어, 내가 누군가로 인해 금전적인 어려움에 처했다면 그 사람과의 관계는 끊고 가장 빨리 채무를 없앨 수 있는 방법을 찾아야 한다. 중요한 일의 마감을 앞둔 상황에서 이성 간의 문제로 스트레스를 받을 것 같다 싶으면 정중하게 설명하고 애써 불편한 마음으로 만나지 않는 것도 한 방법이다. 부모의 건강 같은 문제는 내 의지로 완벽하게 컨트롤할 수 없지만 사전에 방지하고 해결할 수 있는 일들은 미리미리 정리해두는 편이 좋다.

어려운 시기에 찾아올 수밖에 없는 스트레스는 힘들고 괴롭지만, 반대로 나를 성장시킨다. 내가 아무리 노력한다 해도 지금 당장 눈에 띄게 변화하는 결과를 낼 수는 없을 것이다. 그러나 이러한 노력이 쌓이다 보면 어느 순간 나를 힘들게 했던 일은 해결되고 근심, 걱정을 털어낼 수 있게 된다.

모든 것은 지나가고,
내가 해결할 수 없는 문제는 없다.

나는 힘들 때마다 '지.나.간.다' 이 네 글자를 떠올렸다. 1년 전에 힘들었던 일도, 2년 전, 3년 전에 힘들었던 일도 결국엔 다 지나갔다. 그래서 지금 내가 오늘을 살고 있는 것이 아닐까. 흘러가는 시간은 내 편이다.

사랑과 일, 두 가지를 모두 쟁취하는 법

언제까지고 후회의
쳇바퀴만 돌 수는 없으니까.

후회할 시간에 놓치기 아까운 사람,
눈부시게 빛나서 곁에 두고 싶은 사람이 돼라.

사람은 누구든 지나간 시간을 후회하게 되는 것 같다. 그 후회가 얼마나 크고 작으냐의 차이만 있을 뿐. 30대가 되고 나서 지난 20대를 돌이켜보니 후회되는 일이 너무나 많다. 특히 지금처럼 원하는 일을 하면서 자리 잡기 전에, 내가 할 수 있는 일이 무엇인지 또 하고 싶은 일은 무엇인지도 몰라 오랫동안 헤맸다. 그사이 지나가버린 20대의 날들이 너무나 아쉽고 아깝다.

30대가 된 뒤로 20대 때는 전혀 느끼지 못했던 일들이 피부로 느껴진다. 그중 가장 대표적인 게 '시간의 흐름'이다. 20대 때는 시간이 이렇게 빨리 흘러간다는 걸 체감하지 못했다. 시간이 흐른다는 사실은 10대에도, 20대 때도 알고 있었는데 30대가 된 이후에는 그 속도가 매시간 매 순간마다 빨라지는 것처럼 느껴진다.

"유튜브 말고 달리 무슨 일을 하고 싶었어요?" "이제 무슨 일 하고 싶어요?" 이런 질문들을 많이 받게 되는데, 그때마다 생각해봤다. '내가 뭘 할 수 있지?' 하고. 결국 할 수 있는 가장 솔직한 대답은 이것뿐이었다.
"달리 할 수 있는 게 없어서요, 그냥 지금 하는 일 계속 열심히 하려고요."

20대 중후반까지만 하더라도 무슨 일이든 다 해낼 수 있을 거라고 생각했다. '내가 당장 이 일을 못하게 된다면 뭘 할 수 있을까?' 싶었다. 하지만 '내가 당장 유튜브를 못하게 된다면 뭘 할 수 있을까?'를 냉정하게 따져보니, 20대 때보다는 선택지가 많지 않았다. 30대인 사람들에게 무엇을 시작하기에 이미 늦었고 틀렸다는 말을 하려는 게 아니다. 현실적으로 내가 하고 싶은 일을 오랜 시간 탐색하고, 고민하고 시행착오를 겪을 시간이 20대 때보다는 턱없이 부족하다는 뜻이다. 사랑도 마찬가지다. 20대에 할 수 있는 사랑이 있고, 30대에는 할 수 없는 사랑이 있다. 불과 10년의 차이밖에 나지 않지만 이 시간 사이에는 누군가를 만나고 사랑하는 데 있어서 엄청난 차이점과 제약이 존재한다.

지금 20대인 사람들에게 이 말을 꼭 전하고 싶다.

내 인생에서 스스로 할 수 있는 일을
최대한 많은 시간을 들여가며
찾을 수 있는 시기는
지금이 최적기다.

이 시기를 보내고 30대를 맞이한 이후에는, 하고 싶은 일을 찾겠다는 이유로 한 달이든 두세 달이든 아무 일도 하지 않은 채 생각을 정리할 수 있는 시간 자체가 쉽사리 주어지지 않는다.

예를 들어서 결혼을 앞두고 있거나, 결혼을 해서 책임져야 될 배우자가 있거나, 자녀가 생기거나 하면 그때부터는 어쩔 수 없이 꿈을 접고 살아가야 한다. 내 선택의 폭 자체가 매우 좁아진다. 지금 당장 다니고 있는 회사를 쉽게 그만둘 수 없고, 그만둔다 해도 한 달, 두 달 동안 마냥 아무 일 안 하고 '나 이제 뭐 하지. 앞으로 뭐 해야 되지' 하는 낭만적인 생각만 하고 있을 수만은 없다. 그때는 일을 그만두자마자 혹은 그만두기 전부터 무슨 일을 할지 찾아놓고 거의 그냥 갈아타듯이 해야 한다.

그러니까 예전 20대 때처럼 '내가 먹고살기 위해 할 수 있는 것과 하고 싶은 것'에 대한 생각 자체를 할 시간조차 주어지지 않는다는 것이다. 내가 무언가를 하기 위해서 그만 한 시간조차 주어지지 않는다는 사실을 피부로 느꼈을 때 시간이 간다는 게 비로소 눈에 보이기 시작했다.

지금 20대들은 '시간'이 나에게 주어진 기회라는 생각을 못할 수 있다. 나 또한 그랬으니까. 하지만 '자신의 삶에 대해 깊게 고민할 수 있고, 무엇이든 해낼 수 있는 시간'은 분명 축복이다.

지금 무한할 것만 같은 20대의 시간은 지나고 나면 절대 다시 돌아오지 않음을 기억했으면 한다. 지금의 시기를 놓치면 어쩌면 훨씬 더 많은 시간을 힘들게 보내야 할 수도 있다. 그러니까 포기하지 말고 자신의 능력과 정면으로 마주하며 '내가 오랫동안 할 수 있는 일이나 목표'가 무엇인지 최대한 진지하게 고민하고 찾았으면 좋겠다.

○
사랑보다 중요한 것이
우리의 인생이고,
나부터 잘 살아야 사랑도 할 수 있다.

상대보다 자신을 더 사랑하고 마음으로
연애에 임할 때 비로소
그 연애가 행복해질 수 있다.

포기하지 않는 이상,
오늘의 순간들이 이어져
미래의 나를 만든다.

얼마나 천천히 가는지는
문제가 되지 않는다.

될 때까지 달려 나가라.
내가 걷는 모든 길은 성장이다.

서른다섯 살까지
불행하다면
그건 네 탓이다

기억하라.
꿈을 이루겠다는
나 자신의 결심이
그 무엇보다 중요하다는 것을.

지금의 내 모습만 아는 사람들과 이야기하다 보면, 별다른 어려움 없이 순탄하게 유튜브 크리에이터의 길을 걸어왔을 거라고 생각하는 분들이 많다. 나의 고생담을 늘어놓을 마음은 아니지만, 지금의 모든 것이 쉽게 이루어지지는 않았다.

처음 유튜브에 영상을 올리기 시작했을 때, 2년 반 동안의 수입은 한 달에 단 2달러에서 20달러 정도였다. 유튜브로 30개월 넘게 고작 월 2천 원에서 2만 원 정도를 번 셈이다. 그 기간 동안에도 구독자 수 그래프는 올라갈 기미가 없었다. 그때는 돈이 너무 없으니까 다른 일을 병행하며 생활했다. 외출해봤자 쓸 돈도 없어서 약속도 최소한으로 잡았다. 한 번씩 밖에 나가면 앞을 보지 않고 바닥만 보고 다녔다. 허리를 펴고 걷는 게 아니라 땅바닥을 보며 걸으면서 혹시 바닥에 돈이 떨어져 있지는 않을까 살피고 다녔다. 거짓말 같지만 사실이다. 못 주울 걸 알면서도 혹시라도 돈이 떨어져 있을까 싶어서 땅바닥에 전단지가 있으면 뒤집어보기도 하면서 다녔다.

너무 힘들어서 중간에 유튜브를 포기하고 회사에 입사하기도 했는데, 회사를 다니는데도 계속 '여기서 포기하고 싶지 않다, 내 꿈을 이렇게 놓고 싶지는 않다' 하는 생각이 머릿속에 맴돌았다. 그래서 죽을 각오로 한번 해보자 하고 다시 시작한 게 지금으로 이어졌다.

"서른다섯 살까지 가난하다면 그건 네 탓이다."

마윈의 이 말에 공감한다. 솔직히는 이 문장에 '가난' 말고 '불행'이 있다면 훨씬 더 공감했을 것 같다.

———

"가난할 수는 있다 쳐도,
서른다섯 살까지 인생이 불행하다면
그건 네 탓이다."

이렇게 바꿔서 말하고 싶다. '마윈은 부자니까 이런 말 할 수 있지' 하고 생각하는 사람도 있겠지만 그가 처음부터 부자였을까?

누구나 한 번쯤은 돈 때문에 힘겨운 시절을 보낸다. 경제적인 문제로 곤란을 겪지 않은 사람은 아마 거의 없을 것이다. 본인의 부모와 환경을 탓하기 전에 자수성가한 사람의 인생을 한번 생각해보자. 그 사람은 간절하고 절실한 마음으로 꿈을 이루기 위해 노력했을 것이다.

늘 성공만 하는 사람도 없고, 늘 실패만 하는 사람도 없다. 과거에 자수성가한 사람과 지금의 내가 다른 점은 '마음가짐'밖에는 없다. 더 이상 지금까지와 똑같은 내일을 살 필요는 없지 않을까. 서른다섯 살 이전이든, 이후든 언제까지고 당신이 불행하지 않았으면 좋겠다.

남들은 잘 먹고 잘사는데 나는 왜 이럴까

젊음이 언제까지고 계속될 순 없다.
경제적 수입도 점차 줄어들 것이다.

앞으로 내 노후가 불안정하지 않고
편안하려면 지금, 바로 오늘부터가
정말 중요하다.

나는 미래를 위해 어떤 계획을 갖고 있는가?

문득 이런 생각이 들었다.

'나만 돈이 없나? 다들 돈을 엄청 잘 쓰네?'

내 주변의 30대들은 대부분 안정되고 풍족한 환경에서 사는 것 같다. 20대들보다, 오히려 40대들보다 좋은 차를 타고, 넓은 집에 살고, 해외여행을 자주 다니는 친구들이 많다. '나는 왜 이렇게 좁은 집에서 아등바등 살고 있나' 싶을 정도로 여유롭게 사는 친구들이 많아서 왜 그럴까 생각해봤다. 그들이 진짜 부자여서일까? 아니다. 좋은 차는 장기간 할부해서 사거나 리스나 렌트해서 타거나 하고, 넓은 집은 반전세나 월세로 살고 있다. 그래서 30대가 겉으로 볼 때는 제일 부자인 시기가 아닐까 싶다. 가장 남들이 부러워할 만한 시기.

그런데 이런 생활이 유지 가능한 이유는 본인이 어떠한 일을 해서라도 갚을 수 있는 능력이 되기 때문이다. 쉽게 얘기하면 어떠한 것의 금전적인 대가를 지불함에 있어서 지금 당장 나의 노동으로 충당할 수 있는 시기가 30대라는 것이다. 하지만 앞으로도 그렇게 지낼 수 있을까? 하고 싶은 거 다 하고, 사고 싶은 거 다 사면서 내일이 없는 것처럼 사는 생활은 앞으로 얼마나 더 가능할까?

나이가 들면 들수록 소득은 줄어들 수밖에 없을 것이다. 그에 따라 지금처럼 여유 있게 소비하면서 살기는 쉽지 않으리라 생각된다. 자연히 경제적인 마인드도 소극적으로 바뀌게 되지 않을까.

그렇기 때문에 인생에서 가장 부자인 시기가 30대일 수는 있겠지만, 가장 중요한 시기도 역시 30대이다. 흔히들 "인생은 서른부터다"라고 한다. 처음엔 '그때쯤 되면 경험도 쌓이고, 체력도 있고, 뭐든 해볼 만하니까 그런 거겠지'라고 여겼는데 그게 아니었다. 30~40대에 얼마나 성실하게 악착같이 일을 열심히 해서 돈을 모았느냐, 이것이 50대 이후부터의 삶을 결정짓기 때문이다.

지금 당장의 내가 좋은 데 살고, 좋은 차 타고 하는 게 그다지 중요한 일이 아니라는 사실을 요즘 들어서 절실히 느낀다. 앞으로 내 노후가 불안정하지 않고 편안하려면 지금이 정말 중요하다.

60대 이후에는 마인드까지 부자로 살기가 쉽지 않다. 현실이 팍팍하니까 마음까지 궁핍해질 수 있다. 45세가 정년이라는 '사오정', 56세까지 일하면 도둑이라는 '오륙도' 같은 단어가 유행한 것만 봐도, 그만큼 그 이후에는 안정된 직장을 구하기가 정말 힘들다는 말이 아닐까. 아무래도 젊을 때는 본인이 하고 싶은 일을 능력이 되는 한 할 수는 있다. 조건이 문제겠지만 어쨌든 채용해주는 곳도 있다.

반면에 나이가 들면 들수록 내가 일을 하고 싶어도 거절당하는 경우가 점점 더 많아질 것이다. 젊은 사람들보다 직업에 대한 제약이 점차 커진다. 그렇다 보니까 노후 준비가 제대로 되어 있지 않은 상황에서는 생활의 여유가 없어지고 소비의 폭도 좁아진다.

노후 준비가 잘 되어 있는 경우에는 괜찮다. 하지만 노후에 형편이 어려워서 먹고살기 위해 집 평수를 줄여가며 가게를 차렸다가 장사가 안 되어서 집을 또 줄이고, 이런 식으로 점차 자산이 줄어드는 삶을 살게 되는 경우를 많이 봐왔다.

지금부터 준비하지 않는다면
60대가 됐을 때 경제적으로는 물론,
마인드까지 부자가 되기 힘들다.

논리적으로는 60대가 되면 당연히 30대 때보다 금전적인 자산을 많이 쌓아야 하겠지만, 현실적으로는 살아가다가 이런저런 위기에 몇 번 빠지다 보면 마음처럼 되지 않는 것 같다. 만약 내가 하고 있는 일이 잘 안 풀려서 스트레스를 받고 있다 해도, 다른 또래의 사람들이 잘나가는 걸 보면서 부러워할 필요가 전혀 없다. 지금 삶이 끝나는 것도 아니고 어쨌든 태어난 이상 내가 숨 쉬는 마지막 날까지 경제적으로 대비가 되어 있어야 한다. 그게 인생에서의 실전이고, 그때 이겨야 결국 승자인 것이다. 마지막까지 부자인 마인드로 행복하게 잘 마무리할 수 있어야 한다.

그러니까 지금 스스로 너무 스트레스 받지도 말고 당장 본

인이 잘된다고 기세등등하지도 말고 '앞으로 한 20년 동안
열심히 싸워보자, 어떻게 되는지' 하는 단단한 마음으로 하
루하루 살아나갔으면 좋겠다.

가난에서
벗어날 수 있는 유일한 방법

오늘 노력한다고
당장 내일 부자가 되지는 않을 것이다.

그럼에도 5년 뒤, 10년 뒤에
내가 부자가 되지 않을 것이란 법은 없다.

마음가짐과 그에 맞는 실천이 필요하다.

"가난은 대물림되는 것일까? 부모가 가난하면 자식도 가난할 수밖에 없을까?"

처음에는 주로 남녀 관계에 대한 고민 상담을 했지만, 요즘은 경제적인 문제로 고민하는 분들에게서도 많은 메시지를 받고 있다. 타고난 환경을 극복할 수 있을 것인지를 묻는 분들에게 꼭 해주고 싶은 말이 있다.

가난은 당연히 대물림되는 것이라고 생각한다. 가난은 선택할 수 있는 게 아니다. 태어나고 보니, 이미 가난한 환경인 것을 어떻게 바꿀 수 있을까?

그렇다고 태어난 환경에 만족하고 더 이상의 발전을 포기하라는 뜻은 아니다. 가난은 선택할 수 없지만, 가난을 대물림할지는 스스로 '선택'할 수 있다는 사실을 기억해줬으면 한다. 가난하게 태어났다면 선택할 수 있는 방향은 세 가지가 있다.

그냥 가난한 대로 계속 살거나, 내가 바꾸거나, 그것도 아니면 부를 물려줄 정도의 환경은 되지 않더라도 적당히 먹고 살 정도의 기반을 닦는 것이다. 대부분의 삶은 이 세 선택지 안에서 무엇을 택하느냐에 따라 이후의 인생이 결정된다. 현재 경제적인 문제로 어려움을 겪고 있다면 가장 먼저 해야 할 것은 '마인드 리셋'이다.

나 또한 넉넉하지 않은 환경에서 태어나 자라면서 주변의 눈치를 보고, 할 말도 주뼛거리면서 삼키고, 자존심 상하는 일을 겪으면서 살아왔다. 그렇기에 가난이 얼마나 힘든지를 잘 알고 있다. 어려운 환경에서 10년, 15년 자라다 보면 '가난은 벗어날 수 없는 것이다'라는 마인드가 당연시되어 버린다. 그렇게 되면 '아무리 노력하고 성과를 내도 여기서 크게 변하지는 않을 거야'라고 자포자기해버리기 때문에 계속 그 자리에서 머물 수밖에 없다.

가난보다 더 무서운 것은 가난한 내 마음이다. 포기하게 되는 내 마음. 이런 마인드부터 리셋해야 한다.

'다 필요 없고,

나는 여기서 벗어날 거야.

이 가난에서 건져질 거야.

이 지옥을 견뎌낼 거야, 반드시.'

이 정도의 각오는 필요하다. 변화하려면 현실을 직시하고 그 고통에 부딪혀 포기하려는 마음을 깨야 다른 게 보인다. 알을 깨고 나오기는 힘들지만, 깨고 나면 그동안 나는 정말 우물 안 개구리였다는 걸 느끼게 될 것이다. 사람이 바뀌는 가장 큰 계기는 자신에 대한 절망감이 아닐까. 눈치 보는 내가 한심하고, 빈둥대는 내가 한심하고, 신세 한탄만 하는 내가 한심하고… 그런데도 아무런 행동도 하지 않는 내가 얼마나 한심한지를 스스로 뼈저리게 느끼는 순간부터 변화는 시작된다. 태어날 때 가난한 건 내 잘못이 아니었을지라도, 죽을 때도 가난한 것은 내 잘못이다. 오늘 노력한다고 당장 내일 부자가 되지는 않을 것이다. 그럼에도 5년 뒤, 10년 뒤에 내가 부자가 되지 말란 법은 없다.

절대

두려움 때문에

현실과 타협하지는

말 것.

○

지금까지 살아오면서 세상일이
뜻대로만 되지 않는다는 걸 느꼈다.

500만 원을 벌고 싶든,
1000만 원을 벌고 싶든,
1억 원을 벌고 싶든
생각하는 대로 쉽게 안 된다.

그러니까 사소한 것이라도
소중한 사람에게 뭔가를 해주고 싶다면
할 수 있을 때 미루지 말고 했으면 좋겠다.

인간관계에도
미니멀리즘은 필요하다

상처는 언제나 가장 가까운 사람이 준다.
상대에게 기대하고 지치기만 반복하면
결국엔 나만 힘들 뿐이다.

조금은 이기적이어도 괜찮다.
나를 힘들게 하는 그 사람과
이제는 거리를 둘 때다.

한때 '미니멀리스트'라는 단어가 대유행한 적이 있다. 소중한 일상을 위해 불필요한 것들은 줄이자는 것인데, 인간관계에도 정리가 필요하다는 생각이 든다.

삶의 그림을 바꾸고 싶다면 주변 사람들부터 바꿀 필요가 있다. 곁에 가장 가까이 있는 사람들이 누구인가에 따라 삶은 180도 달라질 수도 있기 때문이다. 학생 때까지는 잘 모를 수도 있지만 사회에 뛰어들어 회사에 취직하고 이런저런 사람들한테 치이다 보면 확실하게 느끼게 된다. 주변 사람이 내게 미치는 영향력이 엄청나게 크다는 것을.

나를 성장시켜주는 사람들을 만나야 서로 좋은 영향을 주면서 더욱 앞으로 나아갈 수 있고 만족스러운 삶을 살 수 있다. 특히나 가까운 사람들은 나를 비춰주는 거울이 되기도 한다. 내 옆에 어떤 사람을 두느냐에 따라서 내가 잘못된 길을 가고 있는지 지금 잘하고 있는지가 투영되어 보인다.

주변의 누군가로 인해서 내가 잘못된 행동을 저지르게 되었다 한들, 한참 지나고 나서야 그 시간을 어디서 보상 받을 수 있냐고 한탄한들 아무것도 돌이킬 수 없다. 주변 상황은 볼 것 없이 스스로 잘하면 된다는 말은 기만이다. 좋은 영향력을 미치는 사람이 곁에서 어떤 조언을 지속적으로 해주느냐에 따라 삶의 방향은 크게 바뀐다.

만약 내 능력이 아무리 뛰어나다 하더라도 가장 가까운 사람이 도움이 안 되는 행동을 하거나, 스트레스를 주거나 방해를 한다거나 하면 일이 잘 풀릴 수가 없다.

———

삶의 그림을 달리 하고 싶으면,
주변 사람부터 살펴보자.
그리고 내게 좋은 영향을 주지 않는
사람과의 관계는 과감히 끊자.

인간관계라는 게 사실 뜻대로 풀리지 않기에 누군가와의 관계를 정리하는 일도 쉽지는 않다. 하지만 그 결과는 본인이 짊어져야 된다는 사실을 잊지 않았으면 한다. 어쩔 수 없다. 언제까지 힘들고 어렵다고 이를 핑계 삼아 도피할 수는 없다.

스스로 이루고자 하는 일이 있고, 거기에 방해가 되는 사람이 있으면 단칼에 끊어낼 줄도 알아야 한다. 아니다 싶은 사람과 인연을 계속 이어가는 것도 본인의 선택이다. 한번 선택하고 나면 그로 인해 뒤따르는 비바람은 피할 수 없다.

부모의 시간은
나를 기다려주지 않는다

미처 몰랐다.
부모의 시간은 내 시간보다 훨씬 빨리
흐르고 있음을.

시간은 손 안의 모래가 빠져나가는 것처럼
순식간에 사라진다. 그 뒤에 후회해봤자
아무것도 돌이킬 수 없다.

부모의 시간은 내가 철들기를
기다려주지 않는다.

나무는 멈춰 있고자 하나 바람이 그치질 않고,

자식이 봉양하고자 하나 부모는 기다려주지 않네.

어느 책에서 우연히 보고는 메모해두었던 중국 고전의 일부
이다. 이 내용처럼 부모는 항상 곁에 있는 것만 같아서 소중
함을 잊기 쉽고, 무심하게 대하게 되기도 하는 존재가 아닐
까 싶다. 잘해드리고 싶지만, 막상 행동으로 실행하기는 어
딘가 쑥스럽고 겸연쩍어서 무뚝뚝하게 대하게 된다.

최근에 어머니 집의 인테리어를 새로 해드렸다. 낡은 구옥
에 살고 계신데, 생활이 불편해질 정도로 집 안 이곳저곳이
고장 나서 도저히 그대로 살 수가 없는 지경이 되어서다. 그
런데 뜻밖에 인테리어 공사가 모자지간의 사이를 더욱 돈독

하게 해주는 계기가 되었다. 욕실을 철거하고 나니까 어머니가 씻을 수도 없고, 주방 공사를 시작하니까 음식을 해드실 수도 없어서, 자주 모시고 목욕탕도 다니고, 외식도 함께 했다.

어느 날은 외식하러 나섰다가 샤브샤브 칼국수 집을 찾았는데, 뷔페식으로 된 곳이었다. 샤브샤브 말고도 본인이 원하는 음식을 가져다 먹을 수 있게 되어 있는 곳이었는데, 어머니가 못 드셔보신 음식이 너무나도 많았다. 샤브샤브나, 월남쌈이나, 스파게티나, 그다지 호사스러운 음식이 아닌데도 처음 드셔본다는 음식이 많아서 내심 깜짝 놀랐다. 그때 불현듯 이런 생각이 들었다.

———

'어머니에게는 아끼지 말고 지금 해야겠다.
해드리고 싶은 마음이 들었을 때
머뭇거리지 말고 바로 해드려야겠다.'

예전부터 항상 '빨리 돈 모아서, 더 좋은 회사에 취직해서,

확실하게 자리 잡으면 부모님께 잘해드려야지. 좋은 집을 해드리든지, 차를 사 드리든지, 여행을 보내드려야지' 하고 생각했다. 아마 지금 이 글을 읽고 있는 독자들도 비슷한 생각을 했을 듯하다.

그런데 그리 오래 살지 않았고, 많이 경험하지는 않았지만 지금까지 살아오면서 세상일이 내 뜻대로만 되지 않는다는 걸 느꼈다. 500만 원을 벌고 싶든, 1000만 원을 벌고 싶든, 1억 원을 벌고 싶든 생각하는 대로 쉽게 안 된다. 그러니까 사소한 것이라도 소중한 사람에게 뭔가를 해주고 싶다면 할 수 있을 때 미루지 말고 했으면 좋겠다.

어차피 월급이 올라가는 속도보다, 이 시대의 집값 올라가는 속도보다 부모가 나이 드는 속도가 더 빠르다. 이처럼 효도는 돈이 아니라 마음의 문제이고 시간의 문제다. 나의 철 듦이 부모의 나이 드는 속도를 현실적으로 따라잡을 수는 없다. 그러니까 지금 할 수 있을 때 사소한 것 하나라도 실천했으면 좋겠다. 부모의 시간은 기다려주지 않는다.

다른 누군가를
부러워하기 전에

휴대전화 안의 세상에서
누군가는 반드시 나보다 나은 능력을 가지고
내가 원하는 생활을 하고 있다.

그 누군가를 부러워만 하기 전에
부러움이 내게 무엇을 말하고 있는지를
잘 살펴보자.

성취 가능한 것이라면, 계획을 세우고
단계를 밟아 이뤄나가면 된다.

　　　　　　　　'나는 왜 이렇게 불행하지?'

SNS, 특히 인스타그램을 하다 보면, 다른 사람들은 행복해 보이고 다 잘사는 것 같은데 '나는 왜 이렇게 불행하지?' 하는 생각이 자주 들었다. '저 사람들은 모두 좋은 곳에 여행 가고 잘 놀고 잘 먹고 잘사는 것 같은데 나는 왜 이러고 있을까' 싶은 순간에는 불행한 기분이 들었고, 내 삶이 잘못되었다는 느낌까지 들었다.

그러다 우연히 한 권의 책을 읽고 나서 생각이 많이 바뀌었다. 《불행 피하기 기술》이라는 책이었는데, 이 책에서는 타인의 SNS를 볼 때마다 힘들어지는 이유가 '뇌의 착시 현상'에 따른 것이라고 밝혔다.

유럽에서 가장 주목받는 지식인이자 이 책의 저자인 롤프

도벨리는 특이하게도 사람마다 두 개의 자아가 존재한다고 주장했다. 바로 현재의 순간을 체험하는 '경험 자아'와 그 경험들을 평가하고 정리하는 '기억 자아'이다. 이 두 가지 중에 더 압도적인 영향력을 미치는 것은 기억 자아이다. 이렇게 기억 자아를 중시하면서 뇌의 착시 현상이 시작된다. 뇌는 기억에 남을 만한 특별한 일들은 더 가치 있고 높게 평가한다. 반면에 반복적인 일상들은 대수롭지 않게 느낀다. 매일 비슷한 식당에서 먹는 점심, 어제와 다를 게 없는 오늘은 딱히 기억에 남는 일들이 아니니까 쉽게 머릿속에서 지워진다.

SNS는 바로 이런 뇌 속임을 극단적으로 몰고 간다. SNS에 비치는 다른 사람의 삶은 하나부터 열까지 엄격하게 선택된 사진들인데, 다시 말해서 하이라이트인데 단면적으로 그 모습만 보기에는 너무나 멋져 보이게 만든다. 그래서 휴대전화 안의 삶이 부러워지고 나 자신이 초라하게 느껴진다.

더 이상 타인의 SNS가 보여주는 환상에 속지 않았으면 좋겠다. 부럽고 동경하는 마음이 들 때면, 의식적으로 떠올렸으면 한다. 뇌가 착각에 빠지게 하고 있다는 사실을.

매일이 파티이고,
행복한 크리스마스 같은 삶은
이 세상 어디에도 없다.

눈부신 햇살만 펼쳐지는 곳에서
항상 푸른 바다만 바라보며
살 수 있는 사람 또한 단 한 명도 없다.

이제는 남을 부러운 시선으로 바라보느라 자신의 소중한 것
을 놓치지 않았으면 한다. 언제 올지 모르는 인생의 하이라
이트가 아닌, 내 삶의 90퍼센트인 일상의 행복을 꼭 잡았으
면 좋겠다. 잠깐 불행한 삶은 인생에서 단 10퍼센트도 안 될
텐데 그 때문에 남은 인생을 불행하게 보낼 수는 없으니까.

천천히 가도
괜찮다,
멈추기 않는다면

조금 느려도 괜찮으니까,
잘 못해도 괜찮으니까,
한 발씩 앞으로 나아가자.

"자신의 길을 무시하지 않는 것.

이것이 바로 인생입니다.

열심히 살다 보면 인생에 어떤 점들이

뿌려질 것이고 의미 없어 보이던 그 점들이

어느 순간 연결되어서 별이 되는 거예요."

스티브 잡스가 스탠포드 대학에서 연설하며 한 말이다. 아주 오래전에 이 연설 영상을 봤는데, 지금까지도 잊지 않고 있다. '인생은 점을 잇는 것과 같다(connecting the dots)'는 말이 너무나 인상적이었기 때문이다. 현재 내가 겪고 행동하는 모든 일은, 사소한 일들까지도 미래의 나에게 의미가 있다는 말. 정말 그렇다.

누군가 지금 눈앞에 나타나 이렇게 말한다면 어떻게 답할 수 있을까?

"1년 동안 시키는 대로만 한다면 성공하게 해주겠습니다. 단 그 1년 동안 연애나 SNS, 유튜브, 휴대전화 사용은 할 수 없어요. 해보시겠어요?"

흔쾌히 '예스'라고 답할 수 있을까? 성공하기 싫은 사람은 이 세상에 아무도 없다. 부자가 되고 싶지 않은 사람도 없을 것이다. 그러나 이런 제안에 많은 사람이 응하지 않겠다고 대답하리라는 생각이 든다. 아마도 현재에 만족하고 있거나, 이렇게까지 해서 성공하고 싶지는 않거나, 무엇보다 '성공' 자체를 진지하게 생각해본 적이 없기 때문이지 않을까 싶다. 이런 제안에 무조건 응해야 한다는 말은 아니다. 그 정도로 성공에 대해 간절해야 원하는 바를 이룰 수 있다는 의미다. 막연하게 성공하고 싶다는 게 아니라 구체적으로 어떻게 성공하고 싶은지 자신만의 비전과 계획이 있어야 한다. 성공은 시작한 사람에게만 주어지는 선물과 같다. 아무것도 시도하지 않으면 그 무엇도 바뀌지 않는다. 죽기 살기로 해서 끝까지 해내고야 말겠다는 결심과 노력이 있다면 성공은 멀지 않다.

《반지의 제왕》을 쓴 J.R.R 톨킨이 연이은 혹평으로 자기 불신에 빠져 있을 때, 친구이자 동료 작가인 C.S. 루이스는 단 한 줄의 문장으로 그를 격려해주었다.

"슬픔도 있었고 어둠도 짙어갔지만, 그동안 한 일들이 모두 허사는 아니었다."

만약 본인이 어떤 일을 굉장히 열심히 하고 있고, 3년이고 5년이고 계속 노력하고 있는데도 앞이 보이지 않아서 막막한 마음이 든다면 걱정하지 않았으면 한다.

지금 하고 있는 그 모든 일 중에서
하찮은 건 단 하나도 없다.
언젠가는 오늘의 경험을 토대로
날개를 펼칠 수 있는 순간이 반드시 올 것이다.

포기하지 않는 이상 그 순간순간들이 이어져 미래의 당신을 만든다. 얼마나 천천히 가는지는 문제가 되지 않는다. 될 때까지 달려 나가보라. 당신이 걷는 모든 길은 성장일 테니.

나의 의지로 사전에 방지하고
해결할 수 있는 일들은
미리미리 정리해두는 편이 좋다.

어려운 시기에 찾아올 수밖에 없는
스트레스는 힘들고 괴롭지만,
반대로 나를 성장시킨다.

나는 힘들 때마다
'지.나.간.다'
이 네 글자를 떠올렸다.

1년 전에 힘들었던 일도,
2년 전, 3년 전에 힘들었던 일도
결국엔 다 지나갔다.

사랑한다고 상처를
허락하지 말 것

초판 1쇄 발행 2020년 4월 17일
초판 61쇄 발행 2023년 9월 15일

지은이 김달
펴낸이 최세현

펴낸곳 비에이블
출판등록 2020년 4월 20일 제 2020-000042호
주소 서울시 성동구 연무장 11길 10 우리큐브 28A호(성수동 2가)
이메일 info@smpk.kr

ⓒ 김달, 2020
값 14,500원
ISBN 979-11-6534-095-7 03810